——お前たちは、我々によって鍛え上げられる——
男たちの声が、鐘の音のように響き渡る。
——この世に二つとない理想の武器となる——
エンジェル・ハウリング1
獅子序章——from the aspect of MIZU

「出よ！」
弾けるような恍惚と、激しい反動の中で
ミズーは自分の周囲が真紅に包まれるのを感じた！

「わたしは、世界を救おうと思っているの」
アイネストに、マリオは笑いかけた。
「だから、わたしもいい人よ」

エンジェル・ハウリング1

獅子序章—from the aspect of MIZU

702

秋田禎信

富士見ファンタジア文庫

40-27

口絵・本文イラスト　椎名　優

目次

――エンジェル・ハウリング――

かつて、地図には空白があり
空白には怪物が潜んでいた
人々は恐れ、すべての空白を知識で埋め尽くした
空白がなくなり
誰もが疑問を失う
知識に満たされ、もはや誰も問わないが
空白はどこへいったのだろう？
怪物はどこへいったのだろう？
御遣いの言葉が
いつかそれを明かすこともあるのかもしれない

プロローグ

大河《たいが》の空隙《くうげき》に在《あ》るという、絶対殺人武器《ぜったいさつじんぶき》。その刃《やいば》がいかなる形をしているのか、それは永劫《えいごう》に続くであろう、イムァシアの刀鍛冶《かたなかじ》たちの抱《かか》えた命題《めいだい》だった。重さは、長さは、そしてその使い手は何者か。決して実体化しないその伝説の武器を鋼《はがね》として現世《げんせ》に具体化するため、彼らは鎚《つち》を振《ふ》るうのだという。すべての過去より伝えられた知識、すべての未来に予想される英知《えいち》。それらをすべてそそぎ込み、年々、彼らの鍛《きた》える物は強化されてきた。

それを魅力《みりょく》と思ったことはない。ただある種の慰《なぐさ》み――彼らのためでもあり、自分のためでもある――のため、小さな村の工房《こうぼう》にて、どうということもないような、つまらない一振りの剣《けん》を求めた。

その剣が自分の手から離《はな》れ、きらきらと無意味に美しい残光《ざんこう》を残して飛んでいくのを視界の隅《すみ》において、彼女は息を吐《は》いた。肺《はい》から絞《しぼ》り出された、最後の息。絶望《ぜつぼう》でもなく、希《き》望《ぼう》を期待するでもない。胸をきつく締《し》め付《つ》ける、ただの空気としての吐息《といき》。

獣《けもの》の瞬間《しゅんかん》には、その程度のことでしかない。

「その程度のものか――？」

聞こえてくるその男の声も。ただの音でしかない。意識《いしき》だけが未来へと飛び、身体《からだ》が後を追随《ついずい》するこの時間の中では、あらゆるものが意味をなくす。視覚《しかく》で、嗅覚《きゅうかく》で、聴覚《ちょうかく》で、触覚《しょっかく》で、味覚《みかく》で、身体に染《し》み込《こ》んでくるすべてのものが、ただの物質《ぶっしつ》となる。そこに生命《せいめい》はない。

それを奪《うば》うことも捨てることもできる。獣の、瞬間。

「悪魔《あくま》と呼ばれた貴様《きさま》が、ただなぶられるだけか!?――俺《おれ》はここにいる。あと少し。貴様を殺しにすぐ追いつくぞ」

風が聞こえる。激《はげ》しい息づかいの中に。時間が終われば、あとでそれが言葉だったことに気づくのかもしれない。だが今はない。考えることも、悩《なや》むこともない。

「貴様は呪《のろ》われた殺《ころ》し屋《や》だ。そして最強の戦士だ。誰《だれ》もが貴様を知っている――誰もが貴様を忌《い》んでいる！」

「アアアアアアアアアー！」

吼《ほ》える。威嚇《いかく》ではなく、叫《さけ》びでもなく。咆吼《ほうこう》の続く限り、時間は続く。摘《つ》み取《と》るように、刈《か》り取《と》るように。時間は激しく消耗《しょうもう》されていくが、今はまだ続く。

骨格《こっかく》の内側で、内臓が蠢《うごめ》いている。全細胞《さいぼう》が沸騰《ふっとう》し、その恍惚《こうこつ》に満たされ、彼女は自分の手から失われた鋼のことを忘れた。己《おのれ》の肉体以外には標的《ひょうてき》しかいない。

どこから始まったのか――

そんなことを思い悩むこともない。

いつ終わるのか――

それを思いつくこともない。

流れない時の瞬間。

無の一点。

絶対殺人武器はここにある。

標的を探して、彼女は目を見開いた。

風の中。

獣の瞬間が終わり、人にもどった時。

ぼろぼろになった身体を引きずるようにして、彼女が最初にしたことは、落とした剣を探すことだった。

「まだよ……まだ」

流れ落ちる涙《なみだ》をぬぐうにも、脱臼《だっきゅう》し傷《きず》ついた肩《かた》には腕《うで》を支える力も残っていない。

涙が止まらなければ、嗚咽《おえつ》を繰《く》り返す喉《のど》も、唾《つば》を呑《の》み込む舌も、止めようがない。

「まだ……終わらない」

彼女は静かに独りごちた——

憎々《にくにく》しく、ただ一言。名前を。

「精霊《せいれい》……アマワ！　追いつめる……までは……」

第一章　ミスフォーチュン・フェイト
（嘆きの子）

「ああ、そういうことさ。彼女について語ろうじゃないか。それは手の触《ふ》れられない領域《りょういき》にある、燃え上がった金属のようなものだ。迷宮《めいきゅう》にある宝物《ほうもつ》だ。それを手に入れようなどと愚《おろ》かなことは考えてはならない。それはそこにあるから価値のある、隠《かく》された秘宝《ひほう》なんだ。君は盗掘屋《とうくつや》か？　賭《か》けてもいい。なにを掘《ほ》り当てたところで、君はそれを手に入れることができない。永遠に、つるはしを担《かつ》いで穴蔵《あなぐら》の中に通うしかないのさ。それは手の触れられない領域にある。迷宮にある。それは人を傷つける。彼女について語ろうじゃないか……」

「冗談《じょうだん》じゃないぜ、まったく。ホントだよ。人間の身体《からだ》の中に、なにが詰《つ》まってるか知ってるか？　いやまあ別に、この鶏《にわとり》の中身と大差《たいさ》はないんだけどよ」

よく揚《あ》げられた——油が悪いせいか揚げすぎのようにも見えたが——鶏のももを振《ふ》りかざし、声をあげる男の背後で、足を止める。通りにずらりと並ぶ屋台《やたい》。夜になると現れ、朝までには消える。辺境警衛兵《へんきょうけいえいへい》の見回りがそれほどずさんなものだということではないが、腐《くさ》りかけた肉から非合法《ひごうほう》の薬物《やくぶつ》まで、なんでも入手できる屋台街というのは、結局のところ積極的に取《と》り締《し》まらなければならないというほどの義務感《ぎむかん》よりは、便利《べんり》さのほうが優先《ゆうせん》される。ただそれだけのことだった。朝まで最高潮《さいこうちょう》を維持《いじ》できる特別製の葉巻《はまき》が合い言葉ひとつで買えるのならば、警衛兵にとってもそれは悪い買い物になりはしない。

「人間の内側と外側とをだ。裏っ返しにしてばらまいたところを想像してみろよ。それを、十四人分な。今日の午後、俺《おれ》たちがやった仕事はだ、人数を数えることさ。屋敷《やしき》中に散らばった部品を集めて、それが何人分あるかを調べたのさ。心臓《しんぞう》は十一人分だったが胃と腸《ちょう》が十三人分あった。頭が十四人分転がってて、こいつが一番多かった。だから、十四人分だ。そう判断して、報告書《ほうこくしょ》にしたためた。同僚《どうりょう》みんながゲーゲー吐《は》いてる中、俺だけがしっかり仕事をして、家に帰ってからしこたま吐いた。よって腹ペコなわけだ」

屋台の店主が顔をしかめ、店に近寄りかけたほかの客がそそくさと去っていく中――警衛兵の制服を着たその男はもも肉をぱくつきながら、鬱憤《うっぷん》晴らしをするようにそのまま続けた。

「あの屋敷には、家族が六人住んでいた。あとの八人は、多分雇《やと》われた家政婦《かせいふ》だか、用心棒《ようじんぼう》だかだろう。性別《せいべつ》も年齢《ねんれい》も、臓器《ぞうき》じゃ見分けがつきゃしねえ。頭部《とうぶ》があったなら分かりそうなもんだろうと思うか？　まあお前さんも、まぶたと眼球《がんきゅう》と鼻がえぐり取られた頭部ってもんがどれだけ無個性なもんか見たことがあれば、そんなことは言わねえだろうな」

ふん、と鼻息《はないき》。

「指だな。ちっこい指が散らばってて、とりあえずそれが、子供のもんだったことだけは分かった。八十年物の絨毯《じゅうたん》の上に血の海が広がって、足首までずぶりと沈《しず》む始末だ。天井《てんじょう》に、人型の血の跡《あと》がくっついてたよ——放《ほう》り投げて叩《たた》きつけたんだと俺は思うね。報告書《ほうこくしょ》にもそう書いた。細大漏《さいだいも》らさずなにもかも書いてやったさ。あのクソ衛長、たまにゃ人の書いた報告書を読んで、うなされやがれってんだ」

店主の咳払《せきばら》い。明らかに追い払いたいのだろうが、警衛兵は新たに鶏を二本注文した。

うんざりとしたため息も聞かず、さらに声を大きくする。

「壁《かべ》にかかっていた絵は全部枠《わく》ごとへし折られて、床《ゆか》に落ちてた。名門ウィスウィッツ家も、ここまで徹底的《てっていてき》にやられりゃあ、救いようがねえな。もう門に鍵《かぎ》も必要ねえ。もしなにか勘違《かんちが》いして、今夜あの屋敷に盗《ぬす》みに入った泥棒《どろぼう》がいたとしたら、俺は心底同情するね。まだ清掃人《せいそうにん》を手配してねえからな。へっ」

「…………」

男の話はまだ続きそうではあったが——

なにを契機《けいき》にというわけでもない。止まっていた歩みを再開し、そこを通り過ぎる。屋台街のにぎわいは、どこまで進んでも同じものだった。

辺境とはいえ、都市には人が集まる。道に溢《あふ》れた通行人たちの間を縫《ぬ》うようにして、彼女は進んでいった。前を歩く酔《よ》っぱらいを追い抜《ぬ》く時も、小柄《こがら》な少女とすれ違うため軽く避《よ》ける時も、速度を落とすことはない。さらりとしたマントの衣擦《きぬず》れの音だけをあとに残して、歩いていく。衣擦れの音と……あとは腰《こし》に吊《つ》った、剣帯《けんたい》の金具《かなぐ》がこすれる小さな音と。

月明かりの夜に人のにぎわい。夜の屋台街は騒々《そうぞう》しいが、どこか隙間《すきま》を感じさせないでもない。様々なものが売られている——食べ物から民芸品《みんげいひん》、盗品《とうひん》と思《おぼ》しき日用品まで。売り子に活気《かっき》があるわけでもなく、ただ黙々《もくもく》と並べられ取引されていく。

歩きながらも、道行く人々の声が耳に入ってくる。ひとつひとつを取ってみれば意味を持つ会話なのだろうが、交錯《こうさく》してノイズとなれば、風の音と変わらない。

「ああ。三枚だ。まからねえよ」

「痛っ。ふざけんな——」

「ちょっと。ひとり？　朝までひとりでいるつもり——？」

「ママ、あれはなに？　ねえ、今日はなにもなし？」

「一、二の三だぜ？　しくじるなよ——」

「見事なものだな。ああ。いや買うつもりはない。悪いね」

「キャアアアア——」

「ああ、俺は海を越《こ》えてきたんだ。氷海《ひょうかい》の剣士とも知り合いだぜ」

「おい、こぼすなよ」

「なあ、払《はら》うって言ってるじゃねえかよ。すごまないでくれよ。従弟《いとこ》がよ。たまたま留守《るす》でよ——」

街の音は風ほどに涼《すず》やかではなく、食べ物を煮込《にこ》む屋台の熱気と臭気《しゅうき》に満ち、空気そのものもよどんでいる。その中を、無数の人間が闊歩《かっぽ》する。その人間の影《かげ》の中に、潜《ひそ》む者もいる。

影に紛《まぎ》れ、目立たないちっぽけな路地《ろじ》の前で、彼女は足をとめた。その路地の入り口で、男が何人か話している。

ひとりは、頭のはげ上がった貧相《ひんそう》な男だった。その男が路地に入ろうとして、ふたりの男に止められているらしい。

「おい。誰《だれ》の許《ゆる》しを得てここに入るつもりなんだ——？」

手の中に小さな刃物《はもの》をちらつかせて、ひげ面《づら》の男が声をあげていた。もうひとり、路地の入り口に横倒《よこだお》しになっているゴミ箱に腰掛《こしか》けて、太った男がにやにやと笑《え》みを浮《う》かべている。

「帰りな。つまらん意地《いじ》を通すこたぁねえんだ。ここはよ。ツグルー一家の街なんだからよ」

「いや、しかしわたしは客で——」

路地で立ち往生している男が、消え入りそうな声で抗弁《こうべん》する。が、ひげ面の若者が一瞬《いっしゅん》でナイフをその男の鼻先に突《つ》きつけると、その声はあっさりと途切《とぎ》れた。

きらきらと輝《かがや》く刃を見せびらかし——刃の主は軽薄《けいはく》な調子で声を裏返らせた。

「やめとけよ。てめえが客なら、俺らが知らねえはずがないだろうが？　これ以上俺たちに手間《てま》を取らすな。しゃべらすな。分かったか、ああ？」

「くっ……」

これ以上は無駄《むだ》だと分かったのだろう——男が、汗《あせ》をにじませて、さっときびすを返す。

そして、すぐ後ろに立っていた彼女とぶつかりかけた。

「邪魔《じゃま》だ！」

潰《つぶ》されかけた意気をこちらに向けて、突き飛ばそうと伸《の》ばしてきた男の手に特に逆らうつもりもなく、彼女は道を開けた。逆に怒《いか》りのぶつけ場所を失って、つんのめるようにしながら、男がそのまま逃《に》げ去っていく。横目でそれを見送ってから——彼女は、視線をもとにもどした。じっとこちらを見ている、ふたりの男。たった今、客だかなんだかを追い払った男たちに。

彼女は瞬《まばた》きせずに、その路地の入り口を改めて観察した。せまい路地で、彼らふたりが陣取《じんど》っているだけで、入る隙間《すきま》もない。奥《おく》はまるで天鵞絨《ビロード》で閉《と》ざしたように真っ暗だった。なにか面白げに、ふたりはこちらを見つめてきている。その視線につられてというわけではないが、彼女はちらりと自分の格好《かっこう》を見下ろした。赤いマントをぴったりと前で閉じている。肩口《かたぐち》にある、獅子《しし》の横顔を象《かたど》ったマント留《ど》めが、いつものようにどこへ向けているとも知れない目線《めせん》で見返してきているようにも思えた。

一歩進むために体重のかけどころを変える。柔皮《じゅうひ》をあててあるブーツの裏は音を立てることもなかったが、その気配《けはい》で、こちらが路地に入ろうとしていることはすぐに知れただろう。先の男が、またナイフを掲《かか》げてみせる。

「おい、姉ちゃん。今の聞いてなかったのか——？」

彼は無視して、彼女は、ゴミ箱に腰《こし》掛《か》けているほうの男へと視線をやった。

「あなた」

「うん？」

酔《よ》っているのか赤ら顔のその男は、焦点《しょうてん》の合わない眼差《まなざ》しでこちらを見上げてきた。構わずに、続けて聞く。

「あなた、力には自信がある?」

「……なんだと?」

「おい、無視してわけの分からねえこと——」

髭《ひげ》の中にある口をもごもごさせるナイフの男へと、一瞬だけ視線《しせん》をやって。

彼女は半歩《はんぽ》だけ前に出た。マントを開き、無造作《むぞうさ》に左手で、ナイフを持った男の手を横に払《はら》う。同時に、右手で軽く、彼の顔面に触《ふ》れた。

あごに沿って伸ばした指先に力を入れるのは一瞬で良かった。ごきりと鈍《にぶ》い音を立てて、男の顔面が変形する。それまでの引きつった甲高《かんだか》い声とは明らかに異質《いしつ》な、低い悲鳴がその男の喉《のど》からほとばしった。

苦悶《くもん》の絶叫《ぜっきょう》をあげながら、男が地面に倒《たお》れてのたうち回る。ナイフを手放《てばな》すことも思い浮《う》かばないのか、刃物《はもの》を持ったまま両手で喉をかきむしるため、彼の衣服《いふく》がたちまち朱《しゅ》に染《そ》まった。ひっかき傷程度のものではあるが、出血は派手《はで》だった。

「うううううううう——!」

声らしい声も出せずに転げる仲間を見て、ゴミ箱に座《すわ》っていたほうが驚愕《きょうがく》に顔面を引きつらせて腰《こし》を上げる。そちらに向かって、彼女は告げた。

「医者のところまで運んであげなさい」

「な、なにをしたんだ――？」

「あごを外《はず》しただけ」

それだけ言うと、彼女は再びマントを閉じた。そのまま、路地へと入るため、横倒しにされたゴミ箱をまたぐ。

もう止めようとしてくる者はいなかった。


外からは闇《やみ》に閉《と》ざされて見えようとも、中に入ればその影《かげ》が夜のほかの部分よりも濃《こ》いなどということはない。路地に踏《ふ》み込んで、彼女はゆっくりと奥《おく》へと視線をやった。背後《はいご》には騒《さわ》ぎ――ちんぴらふたりはとりあえずどこかに逃《に》げていったものらしい――、そして前方《ぜんぽう》には沈黙《ちんもく》。静寂《せいじゃく》ではなく、沈黙だった。無人ではなく、ただ誰かが息を潜《ひそ》めている。闇には色がある。目で見る色ではなく、においで、触感《しょっかん》で感じる色。

彼女は、なんとはなしに、軽く髪《かみ》をかき上げた。マントの色と同じ赤い髪。指の間に一本抜《ぬ》けて残った、くせのある髪を適当《てきとう》に捨てる。視線はぴくりとも、路地の奥から動いてはいない。ただじっと、奥の暗がりを見据《みす》える。

進む。足下《あしもと》には乱雑《らんざつ》に散らかったゴミ。適当に蹴《け》りながら、路地をゆく。せまい通路には窓もなにもなく、ときおり左右の建物から突《つ》きだしたパイプに肩《かた》をぶつけそうになる以外には足を止める理由もない。ゴミといっしょに蹴飛ばしたせいか、ネズミが抗議《こうぎ》の声をあげていた。

やがて、突き当たりに小さな扉《とびら》を見つける。

突き当たりというよりは、行き止まりだが。かがまないと入れないほど低い扉だった。木ぎれを適当に立てかけた程度《ていど》のもので、わざわざそれをどけようとも思わない——知らなければ。彼女は無言のまま、手を伸《の》ばして、その板きれを脇《わき》にどかした。半地下へと下りる階段が現れる。表札《ひょうさつ》もなにもないが、その通路の奥からはぼんやりとした明かりが漏《も》れてきていた。

とりあえず、中に入る。足をずらすようにして階段へと滑《すべ》り込ませ、そのあとを身体《からだ》がついていくような手順で。一度中に入れば、天井《てんじょう》はそれほど低くはなかった。なにやら無《む》意味《いみ》な落書《らくが》きがされている天井に頭をぶつけないよう注意しながら階段を下りると、すぐに部屋になっている。

有《あ》り体《てい》に言って、部屋の中はそれまでの路地と同じほど散らかっていた。無数に並べられた鉢《はち》植えは、野生化《やせいか》しかかっているのではないかと思えるほど繁殖《はんしょく》し、それぞれの鉢を乗《こ》り越えて互《たが》いに絡《から》み合《あ》い、原生林《げんせいりん》のようになっている。大小さまざまな動物の毛皮が壁《かべ》にびっしりとかけられ、天井に渡《わた》された紐《ひも》から、小瓶《こびん》がいくつも吊《つ》り下《さ》げられている。箱――蓋《ふた》が開いたものもそうでないものもある――は床《ゆか》の大半を埋《う》め、ただでさえ天井が低いところを下からも圧迫《あっぱく》する形だった。それら雑多《ざった》な室内に、たったひとつ灯《とも》された蠟燭《ろうそく》は、ずっと部屋の奥のほうにあり、部屋の主の横顔にぼやけた光を当てている。

その男と向かい合うようにして、全裸《ぜんら》の女が椅子《いす》に座《すわ》っていた。気味が悪いほど真《ま》っ直《す》ぐに背筋《せすじ》を伸ばして、恍惚《こうこつ》の表情を浮《う》かべている。黴《かび》の臭《にお》いと彼らの体臭《たいしゅう》、地下の湿気《しっけ》に混じって、明らかに異質《いしつ》な香《こう》の刺激《しげき》が鼻孔《びこう》に染みた。

「おい、おい、おい――」

部屋の主――背の低い、皺《しわ》だらけの男が、きょとんとした声をあげた。

「順番すら待てねえってのか？　予約は再来週までいっぱいなんだぜ？」

「…………」

彼女は無言のまま、マントの下で剣《けん》を抜《ぬ》くと、彼らの近くまで迷いなく進んでいった。こちらの闖入《ちんにゅう》に気づきもしない女の横を通り過ぎざまに、刀身を一閃《いっせん》する――ごと、と音を立てて、女が椅子ごと床に転んだ。椅子の脚《あし》を一本切断しただけだが、転んだ衝撃《しょうげき》でようやく正気《しょうき》にもどったか、女が悲鳴《ひめい》をあげた。

そのまま、わたわたと、手近《てぢか》な床から服を拾い集め、それを抱《かか》えて逃《に》げていく――入ってきた階段を登って姿を消すその女を見送ってから、彼女は男へと視線をもどした。

「割《わ》り込《こ》みは認めねえんだ。商売には、鉄則《てっそく》ってもんがある。そのうちのひとつだ――きりがなくなるようなことはしない。語呂《ごろ》は良くねえが、大事なことでね」

声は若いが、見た目からすれば、老人だろう。男はせまい室内のさらにせまい灯明《とうみょう》の中で、大仰《おおぎょう》に身振《みぶ》りしてみせた。

「初めての客だな？　じゃなけりゃこんな無茶《むちゃ》はしないだろう。ましてや武器を持って事務所――事務所だ。文句あるか？――に入ってくるなんざ、よっぽどの素人《しろうと》だ。いいか嬢《じょう》ちゃん、常識《じょうしき》ってもんを教えてやる。ここは――」

「ツグルーの息がかかった店のひとつでしょう？　表にいた馬鹿《ばか》が、通りがかる人みんなに片《かた》っ端《ぱし》から吹聴《ふいちょう》してたわよ」

「…………」

男の歯の間から、唾《つば》を吐《は》くような、ちっという音が聞こえてきた。

「馬鹿どもをできる限り安く使え。こいつも商売の鉄則だ。ようし嬢ちゃん。話がしたいのなら聞いてやる。まず名乗《なの》りな」

言われて彼女は、まず剣を鞘《さや》に入れた。男の様子を観察しながら、なるたけ静かに告げる。

「わたしはミズー」

「……聞いた名前だな」

一瞬の沈黙《ちんもく》をはさんで——男は明らかに、態度を変えたように見えた。

彼女、ミズーは、そのまま聞き返した。

「どんなふうに聞いてるのかしら」

「そんな名前の殺し屋がいる。そして、そいつ以上の殺し屋はいない」

男はそれだけ言うと、深く長いため息をついた。脚を折られた椅子を一瞥《いちべつ》し、それを適当に隅《すみ》に押《お》しやってから、入れ替《か》わりに蓋《ふたつ》付きの瓶《かめ》を引っ張り出して、その上に腰《こし》を下ろす。

座ってから、男はもう一度吐息してみせた。こちらを見上げて、にこりともせず、

「ハート・オブ・レッドライオン……そうも呼ばれているらしいな」

「わたしもあなたの名前を聞いたことがあるの。自分から名乗るつもりはないらしいわね？　ダフィナス」

ミズーは彼の名を呼ぶと、マントの下で腕組《うでぐ》みした。

「薬屋……でいいのかしら？　ここは。まあ、顧客《こきゃく》のニーズに合わせていろいろと売って

いるようだけど。かなり手広い商売で、意外《いがい》とお偉方《えらがた》とも付き合いがあるとか」

「なにが言いたいんだ？」

「トランス中の客から、いろいろと聞き出して、なんでも知ってるんですってね？」

「ゴシップ屋をやるつもりはない。残念だったな」

「報酬次第《ほうしゅうしだい》でしょ？」

蠟燭《ろうそく》の明かりが揺《ゆ》れた——ダフィナスが身じろぎしたのか、笑ったために鼻息で揺《ゆ》れたか。両方かもしれないが。

なんにしろ彼は、軽い調子で言ってきた。

「高いぜ？　俺の情報は」

「あいにく、現金の持ち合わせはないの」

「なら帰りな」

「ウィスウィッツ家」

「……うん？」

ぴくりと目つきを鋭《するど》くした彼には構わず、ミズーは続けた。

「ツグルーとは長いこと反目《はんもく》してる。でも昨夜《さくや》、一家全員皆殺《みなごろ》しにされた」

「聞いている……まあ噂《うわさ》程度のことなら、情報屋でなくとも聞いてるはずだわな、あの事件は。それで?」

「あれはわたしがやったの」

話の流れから、これを予想していなかったということはないだろう——が、それでもダフィナスは、疑わしげに視線を斜《なな》めにしてみせた。

「ああまで派手にぶっ殺すたぁ、俺が知ってるあんたの評判とはだいぶ違《ちが》うな……」

「いつでも綺麗《きれい》にできるとは限らないでしょ」

「…………」

「ウィスウィッツは、ツグルーにとっても、あなたにとっても愉快《ゆかい》な相手ではなかったはずよ。わたしの働きに報《むく》いてくれてもいいんじゃないかしら」

待っていたのは。

長い沈黙《ちんもく》だった。こちらを見上げ、じっと考え込む男の顔を、そのまま見返す。視線だけが行き交《か》う時間が、数分過ぎた。そのダフィナスという男は息をしていないようにも見えたが、それは錯覚《さっかく》だろう。

やがて、ゆっくりと一度唇《くちびる》を動かしてからダフィナスが吐《は》いた言葉は、しごく常識的なものだった。

「馬鹿《ばか》な話だろう。どう考えても」

一度言い出すと、あとは軽い調子で肩《かた》をすくめる。

「普通《ふつう》は……殺す前に約束するもんだ。それを、先に標的《ひょうてき》を殺してから現れて、奴《やつ》らに恨《うら》みがあったはずだと言われてもな」

ミズーは、即座《そくざ》につぶやいた。

「……南から来たから」

「うん？」

聞き返してくるダフィナスに、静かに告げる。

「わたしは南から来たから。通り道で。ここよりも、あの屋敷《やしき》のほうを先に通ってきた……から」

再び沈黙。また長くなるかと思えたが、それほどでもなかった。今度は数秒程度だろう。

半地下の薬屋。せまい地下室で、相手の息づかいはすぐに感じられる。ダフィナスが平静なのは間違いなかった。にやりと口の端《はし》を歪《ゆが》ませて、うめくのが聞こえてくる。

「なかなかにふざけた女だ。まあ、なんだ。嫌《きら》いじゃないがね」

脈有りと見て、ミズーは声をあげた。

「情報をひとつだけでいいのよ。高い取引ではないと思うけど？」

「モノによるな。だいたい、客に値段を決められちまってるようじゃ、この商売は成り立たん」

渋《しぶ》る相手に、かぶりを振《ふ》る。

「つまらない男をひとり探してるだけよ」

ミズーは思い出しながら、名前を口にした。

「ベスポルト・シックルド打撃騎士《だげききし》。八年前に、帝都《ていと》から姿を消した。今はこの近くにいるはずだから、誰かが彼のことを知ってるはずよ」

「ふん。末端騎士《まったんきし》の消息《しょうそく》なんざ、いちいち把握《はあく》してたらパンクしちまう」

「彼が最後にこの辺境《へんきょう》で確認《かくにん》されたとわたしに教えてくれた情報屋は、今の名前だけでピンときたようだったけど？　あなたがピウルの情報屋より耳が鈍《にぶ》いというのなら、ここに来たのは無駄足《むだあし》だったわね」

「待て、待て、待て」

ダフィナスが、両手を広げて制止《せいし》してきた——瓶《かめ》から腰《こし》を浮《う》かし、よほど気にしたのか、困惑《こんわく》の声をあげる。

「引っ込みがつかなくなるようなことを言うじゃねえか。分かったよ。どのみち、美人にコネを持つのは悪かない。明後日《あさって》まで待ちな。ほかにもついでに調べて欲《ほ》しいことがあれば言ってくれ」

なにかあるか。さっと思いめぐらし、最初に浮かんできたものを告げる。

「……黒衣《こくい》の動きを」

「ふん。ここ最近、こんな街でもやたらと奴《やつ》らの影《かげ》を踏《ふ》みそうになると思ったら、あんたのせいか？　まあいい。できる範囲《はんい》で調べてやる。ほかには？」

「特に」

小さくかぶりを振る。そのまますぐに、笑《え》みを浮かべたままのダフィナスに背を向けると、追いかけるようにして彼の声が聞こえてきた。

「明後日までには情報を用意しておくがね。ついでだ。いい香《こう》も準備できるが、一服《いっぷく》くらいどうだい？」

「…………」

答えずにいると、彼はそのまま続けてきた。たいした間をおかなかったところを見ると、どちらでも良かったのだろうが。

「へへ。あんたから秘密を聞き出そうとは思わないさ。当然だろう？」

「誰にでもそう言ってるんでしょう」

ミズーは振り返らずにつぶやき、そのまま店を後にした。

「こんな夜には、語《かた》り部《べ》が必要さ。風は涼《すず》しく、毛布《もうふ》を被《かぶ》って寝転《ねころ》がっていても汗《あせ》はかかずに済む。とても静かで、程良《ほどよ》く遠くが騒《さわ》がしく、仲間はずれの祭りみたいに、ぼくだけが心静かに夜空を見上げている」

夜の屋上で、静かにその青年は独り言をつぶやいていた。手すりにもたれて、ゆっくりと体重を肩《かた》から腕《うで》に滑《すべ》らせ——言葉通りに、空を見上げている。

若い男とも言えるだろうし、そうでないとも言える。細かい砂《すな》のような金色の髪《かみ》を緩《ゆる》い風にもてあそばれながら、男はささやかな言葉を紡《つむ》ぎ続ける。

「さて。ぼくが知っているその女は、とても厳《きび》しい眼をしている。理由は簡単、彼女はそれ以外の眼を持っていないからだ。そうだろう？　人はなにも選べない。自分が自分であることを、どうしたところでやめられない。でも、やめたいと思ってる人がほとんどだ」

男の身体を包んでいるものは、制服じみた赤黒い長衣《ちょうい》だった。帝国領内《ていこくりょうない》ではまず見かけることのない、神秘調査会《しんぴちょうさかい》の印《いん》が縫《ぬ》い込《こ》まれている。なにか楽しいことでも見つけたかのように笑顔を浮かべているその青年は、学者というものが虚弱《きょじゃく》な隠遁者《いんとんしゃ》であるという迷信《めいしん》に真っ向から対立するような長身と、だが多少はそれを許容《きょよう》する痩軀《そうく》とで、どこかにバランスを取っていた。

「向上心《こうじょうしん》？　嫉妬《しっと》？　愛ゆえに？　どれも同じようなものかもしれないし、小さな違《ちが》いが大きな意味を持っていたとしても、それも不思議《ふしぎ》じゃあない。世界には神秘がありふれていて、なんだかとても微妙《びみょう》なのさ。そいつを知っているかい?」

彼は、小さな鼻の穴から、すっと息を抜《ぬ》いて続けた。

「彼女はその微妙な世界に、現実の楔《くさび》として……なによりも強い楔として存在している。心を持った化け物だ」

ゆっくりと腕を上げ――そして、

「彼女を止めることのできる者は、誰もいない」

街の夜。その静かな喧噪《けんそう》を聞きながら、彼は沈黙《ちんもく》した。長い沈黙だといえた。ほんの数呼吸だとしても、とても長い。彼の微笑《ほほえ》みは消えない。なにかを見ているのかもしれないし、なにも見ていないかもしれない眼差《まなざ》しは、形の良く整えられた爪《つめ》の先に注がれている。

その爪の先には、月がある。

仮にその視線に意味があったとして、彼がどちらを見ているかなど、誰にも分からない。

「夜は殺《ころ》し屋《や》の時間さ。そして……もうひとつ。怪物《かいぶつ》の領域《りょういき》だ」

そうつぶやいて彼は、街の別の一角へと、視界を移した。

他者のプライバシーをのぞき見することによって得る利点《りてん》とは、秘密そのものではない。

それにより、その人物を思うように扱《あつか》えるということにある。

さほどの苦労もなく入手できたその紙束を片手に、ダフィナスはゆっくりと煙草《たばこ》の煙《けむり》を吐《は》き出した。いくら慣れてもいまだ苦味《にがみ》を覚える北産の葉《は》は、特に毒性《どくせい》が強いわけでも、安価《あんか》なわけでも高価《こうか》なわけでもない。なんでもない、ただの葉だった。中毒性が強く、分量を間違えれば酩酊《めいてい》状態になって、あげくには葉そのものを服用《ふくよう》しなければ効かなくなり、腸を腐《くさ》らせるような商売用のものとは違う。

紙束は、クリップで留められた、特徴《とくちょう》のない書類だった。本来、誰がなんのために用意したものかは分からない——そんなことには意味がない。何者かが、自分と同じことを調べようとし、部下にでも命じてまとめさせたものだろう。それが今、彼の手の中にある。

(あの野郎《やろう》、どこから盗《ぬす》んできやがったんだ?)

大事な顧客《こきゃく》のひとりに頭を下げて用意してもらったものだ。細かい文字がびっしりと並んだ、角張《かくば》った上質紙に視線を這《は》わせて、ダフィナスは数行ごとに顔を上げ、天井《てんじょう》を眺《なが》めた。驚《おどろ》くべきことが書いてあるというわけではない。むしろ、既知《きち》でないことのほうが少なかった。

「……ハート・オブ・レッドライオン……か」

彼は再び、書類の一番上にある文字を見やった。続けて、シンプルな説明が記《しる》してある。

極《きわ》めてシンプルな。

苦笑《くしょう》しつつ、口に出して読み上げる。

「極めて優秀《ゆうしゅう》な職業的暗殺者《しょくぎょうてきあんさつしゃ》」

解説《かいせつ》は、それから調子を変えるでもなく、ひたすらに淡々《たんたん》と続く——

ハート・オブ・レッドライオン。極めて優秀な職業的暗殺者。

この呼称《こしょう》とともに、ミズー・ビアンカなる名前を使ったという記録あり。女性。この人物は帝国《ていこく》領内で活動し、金銭《きんせん》取引によって暗殺業務《ぎょうむ》を営《いとな》む。特定の宗教・政治的立場を支持したという例はない。

(つまりは、金のために殺してるってわけか……となると、例の尋《たず》ね人ってのは次の標的か？)

ダフィナスは書類を指でめくりながら、独りごちた。だとしたら気の毒に——と胸中で付け加える。この報告書の大半は、知られる限りでの、彼女の犯行《はんこう》について記されている。そのどれにも、失敗例というものがない。

(三年前の、アスカラナン商隊の殲滅《せんめつ》。ダンナス崖《がけ》の関《せき》を破ったのもあいつかよ……へへ、賞金首を十二も挙《あ》げてやがる。さすがに賞金の引き取りには代理人《だいりにん》を使ってるか。この代理人も、そのたびにいちいち違《ちが》う人間。仲間は作らず、単独《たんどく》行動。ま、あの可愛《かわい》げのなさ

を考えりゃ、そんなもんだろ）

昨日《きのう》、この店に押《お》し掛《か》けてきた女暗殺者の姿を思い出し、ダフィナスは目を閉じた。記《き》憶《おく》の暗闇《くらやみ》に、相手の顔かたちを思い浮《う》かべる。これはほぼ確実に——数時間かけて写生《しゃせい》したのと同様に思い出せる自信があった。たいした特技ではないが、役には立つ。

赤い髪《かみ》。炎《ほのお》のように揺《ゆ》らめく、緩《ゆる》やかな長い髪。人ではなく精霊《せいれい》だと言われても信じたかもしれない。人知《じんち》を越《こ》えた手触《てざわ》りを想像して、彼は指を震《ふる》わせた。煮《に》えた油《あぶら》に手を突っ込むようなものかもしれないが……

両手であの髪を摑《つか》んだところで、どうなるのだろう——彼は軽く唇《くちびる》を舐《な》めた。どうにもなるまい。その髪の中には、真紅《しんく》の毛並みの中心には、冷ややかな眼を据《す》えた冷厳《れいげん》な顔がある。拒絶《きょぜつ》とは違う。断絶《だんぜつ》された表情が、遥《はる》かな隔《へだ》たりの向こうからこちらを見返してくるだけだった。

妄想《もうそう》の中ですら、これだ。彼はかぶりを振《ふ》った。あきらめてまぶたを開ける。

（やめとくか……わざわざ蛇《へび》の喉《のど》につま先を入れる馬鹿《ばか》はいねぇ）

『極めて優秀な職業的暗殺者』を飼《か》うという案に別れを告げて、ダフィナスは足下《あしもと》の屑籠《くずかご》に書類を押《お》し込んだ。似たようなほかの書類束《しょるいたば》や、菓子《かし》の包み紙に埋《う》もれて、ミズー・ビアンカの栄光の記録がただの紙くずに化ける。

「情報なんてな、そんなもんだ」

なんとはなしに——後ろ暗い心持ちからつぶやいて、彼は肩《かた》をすくめた。暗く雑然とした店内には、無論のこと、自分以外には誰もいない。

この情報は、もしかすれば自分の手の中には入ってこなかったかもしれない。もしかすれば、自分はミズー・ビアンカのことなど知らなかったかもしれない。もしかすれば、知らないまま、あの女の戯言《ざれごと》をも信じたかもしれない。ウィスウィッツの一家を皆殺《みなごろ》しにした？　記録を見る限りでは、ハート・オブ・レッドライオンはそこまで愚《おろ》か者《もの》ではない。かの一家とツグルーが敵対《てきたい》していることと、ウィスウィッツが滅亡《めつぼう》することでツグルーが得をするかどうかは、まったくの別問題だ。損もしないが、得もない。

ましてや、それを押し売りするなど！

(要はあの女、俺に、自分の記録を調べるよう仕向けたってことだろう……なるほど。あれを読めば、手伝おうって気にもなる。さて)

どうしたものか。彼女との約束は明日だった。求められている情報そのものは、問題なく手に入るだろう。

だが。

(黒衣《こくい》に追われていると言ったな……そいつをこっちも敵に回して、なお利がある相手と言えるか?)

無視が一番いい。ツグルーに頼《たの》めば、腕《うで》の立つ護衛《ごえい》をいくらか回してくれるだろう。特に問題はない。問題を起こさないことが、最も問題がない。

「となれば、急いだほうがいい」

彼は自分に言い聞かせるようにして、声をあげた。行動というのはいつでも億劫《おっくう》だが、し損じてはいけないことというのが、いくつかある。名の通った殺し屋を出し抜《ぬ》くのは、まさしくそのひとつだった。すべてスムーズに行われなければならない。

人員はどれくらい必要だろう? この店に詰《つ》まって動きが取れないほどに大量の護衛を頼む必要があるか? ダフィナスはうなずいた。あるかもしれない——彼女が本当にウィスウィッツの一家を、ボディーガードもろとも皆殺しにした可能性も、捨ててはならない。あの女が賢明《けんめい》ならば、同じ街でもう一度事件を起こしたりはしないだろう。だが他人が賢明であるということを期待するのは、それこそ愚かなことでしかない……

想像は、蓋《ふた》を開けてもその中から小さい箱が出てくる、きりがない玩具《おもちゃ》のように続いた。時に様を変え、時にまったく同じことの繰《く》り返しで、際限《さいげん》なく暗殺者の顔が浮《う》かんでくる。問題はないだろう。問題は起こさない。あしらってしまえばいい。腕が立とうがなんであろうが、ただの殺し屋だ。へそを曲げた愛人《あいじん》ほどにも面倒《めんどう》はない。

（……ふん）

鼻で笑って、彼は額《ひたい》の汗《あせ》をぬぐった。

（なんだってんだ。なにを怯《おび》えることがある？　ツグルーだぞ。この街そのものが俺の味方だ。漂浪《ひょうろう》の女ごときに――）

問題はない。問題はない、が。

冷たい眼が、背後から自分を見ているかのような、その錯覚《さっかく》さえ感じずにいられたなら。

震《ふる》える指先を絡《から》めて、彼は声をあげた。

「留守《るす》だぜ」

骨がぶつかり合うような音を立て、扉《とびら》が――開こうとしていた。昨日に引き続き、強引な客が来たか？　眉間《みけん》にしわを寄せ、訝《いぶか》しく思う。門番《もんばん》たちは、昨日から姿を見せていない。よくは分からないが、あの女によほど手ひどい目に遭《あ》わされたのだろう。もとより、それほど役に立っていた連中でもなかったが。組織も大きくなれば、どうでもいい人材が混ざることになる。

意味のない返事であることは自覚があったが、それで分かる奴《やつ》は分かるだろう。ダフィナスは、扉が静まるのを待ってもう一度汗をぬぐった。殺し屋のことを一瞬忘れたおかげか、思ったより汗は引いていた。が、扉はまだしつこく音を立てている。

彼は、苛立《いらだ》ってうめいた。さきほどより声を大きく、

「おう。今日は商売はやってねえん――」

扉が開いた。

そこには誰もいなかった。と思えた。が、実際は……

椅子《いす》が転ぶ。彼といっしょに。

倒《たお》れ込んだ床《ゆか》から急いで跳《は》ね起きて、ダフィナスは激しくまばたきした。我《わ》が目を疑うが、疑うだけの余地があったわけでもない。そこにいたのは、漆黒《しっこく》の影《かげ》だった。

それは、人の姿をしていた――全身を黒装束《くろしょうぞく》で包み込み、顔すら仮面《かめん》に閉《と》ざされ、眼の光も外に漏《も》らしていない。それは無言のまま、せまい入り口を苦もなく進み入ってきた。

それがなんであるのか、彼は知っていた。

「黒衣《こくい》……!?」

口に出してうめく。その黒い存在は、肯定《こうてい》も否定《ひてい》もなく、ただ近寄ってくる。店の中を見回すこともしない。罠《わな》や、伏兵《ふくへい》を警戒《けいかい》するでもない。自分の寝床《ねどこ》にでも入ってくるように、よどみなく足を進める。

机にしがみついて、ダフィナスは声をあげた。

「……な、なんでこんな――おい!?」

混乱しかけた脳を落ち着かせようと側頭部《そくとうぶ》を平手で叩《たた》き、彼はかぶりを振《ふ》った。両手を挙げて——意味があるかどうか分からないが、降参《こうさん》というのは多くの場合有効《ゆうこう》だ——、

「ま、待ってくれ……違《ちが》う、違うんだ。俺は、あの女に協力するつもりはないんだ。あんたらに逆らうつもりも——」

言いながら、筋が通っていないと思いつく。あの暗殺者は、帝国《ていこく》に指名手配《しめいてはい》された犯罪者だ。それを黒衣が追うというのはそれほど不思議なことではない。黒衣とは、帝国の、一種の特殊部隊《とくしゅぶたい》だ——管轄《かんかつ》としてはおかしいが、あれだけの実績を持った職業的暗殺者では、帝都の誇《ほこ》る念術能力者部隊《ねんじゅつのうりょくぶたい》、黒衣でもなければ手に負《お》えないだろう。

目の前で、黒衣が立ち止まる。ちょうど、思索《しさく》に使っていた机をはさんで、向かい側に。黒衣は、言葉どころかほんのわずかな仕草《しぐさ》すら見せず、空気に描《えが》かれた絵のようにただじっとこちらを見据《みす》えてきていた。

目的が分からない——

あの暗殺者が、昨日この店に来たことを知っているのなら、女が今どこにいるのかも、捕捉《ほそく》できないわけではないだろう。

(なら、そっちに行きゃいいんだ……俺を煩《わずら》わせることたぁない。なにしに来たんだ……)

と。

思いついたことがあった。わらにでもすがる思いで、即座《そくざ》に口を開く。

「ああ、そうだ。あんたたちに協力する。あの女を罠《わな》にかけて引き渡《わた》す……」

黒衣が懐《ふところ》からなにかを取り出した。紙束。たった今、自分が屑籠《くずかご》に入れたのと似たような、書類の束。

「…………?」

黒衣はそれを、ぽんと、机の上に置いた。表紙がわずかにめくれるが、中身までは見えない。ただ、タイトルには簡単な一文が記《しる》されていた。

『ベスポルト・シックルド追跡《ついせき》調査』

「……へ……?」

目を丸くする。瞬間。

黒衣が動いたというわけではない。ただ、その黒装束の全身から、輝く銀糸《ぎんし》のようなものが膨《ふく》れあがったのが見えた。その糸が、机を通り抜《ぬ》け、自分の両足にからみつく。反射的に手で振り払《はら》おうとしても、触《ふ》れることはできなかった。そして——

なにかが落下した。いや、床《ゆか》に頭を叩《たた》きつけられてから、落下したのは自分の身体だと気づく。天井《てんじょう》が見えていた。その天井を隠《かく》すように、テーブルも。どうやら、そのまま仰《あお》向《む》けに転ばされたらしい。起きあがろうとして、動けないことが分かる。

見る。と、足がなくなっていた。いや、なくなっているのと同じようになっていた。それまで自分の足であったものは、ほんの一瞬で、自分の意図には添《そ》わない鶏《にわとり》の脚《あし》に化けたらしい。不思議と、恐《おそ》れは湧《わ》かなかった。ズボンをまくり上げ、なにが起こったのか確認《かくにん》する。よく見ればそれは、鶏の脚ではなかった。ただ、骨と皮だけになった自分の足だった。すっぽり脱《ぬ》げた靴《くつ》が離《はな》れて転がっているのが、なんとはなしに笑いすら誘《さそ》う気《き》がする。ダフィナスは心を鎮《しず》めたまま、悲鳴《ひめい》をあげた。すべてが突拍子《とっぴょうし》もなく、心が恐怖《きょうふ》に追いついていかない。なにが起こったのかは分からないが、黒衣がなにかをしたのだろう。そして自分は両足を失った。

「なん……なんかおかしいぞ……なんだ、なんかおかしいじゃねえか……なにがなんだ？　なにがなんだか、さっぱり分からない……」

繰《く》り返しうめいて、黒衣の姿を探す。テーブルの上まで身体を持ち上げることはできそうにないため、身体を這いずって、横から回り込もうとする。が、見ても既《すで》に、そこに黒衣の姿はなかった。

扉《とびら》が開いた。

黒衣が去っていく姿が見られるのかと思い――ダフィナスは、そちらを見やった。それならば、それでいい。捨《す》て鉢《ばち》な心持ちで、うめく。足だけで済むのならそれでいい……

が、そこにも黒衣はいなかった。

出ていく者もいなかった。ただ、入り口からまた、入ってくる者がいただけだった。若造《わかぞう》だった。街で出会ったなら、洟《はな》もひっかける必要はない。そんな類《たぐい》の、どこにでもいる若い男。暗い店の中に現れたのは、汚《よご》れたシャツと、すり切れたズボン。そして、右手に提《さ》げている、大振《おおぶ》りな包丁《ほうちょう》くらいだったが。

ほかに、無精髭《ぶしょうひげ》に覆《おお》われた顔も、落ちくぼんだ眼窩《がんか》にはめ込まれた濁《にご》った眼球《がんきゅう》も、暗闇《くらやみ》の中に見えたかもしれない。どうしてかは分からないが、それまで部屋をわずかながらも照らしていた蠟燭《ろうそく》の灯火《ともしび》が、音もなく消えた。

その侵入者《しんにゅうしゃ》をダフィナスは、たっぷり数秒間は呆然《ぼうぜん》と見上げていた。もちろん、非常時の出口など、いくらでもある――が、足が動かないのでは、逃《に》げられない。

刃《やいば》は暗闇の中でも、艶《つや》やかに輝《かがや》いていた。ダフィナスは動かない足を抱《かか》えて、机の下に潜《もぐ》り込もうと床《ゆか》を這《は》った。刃物の主が、自分がどこにいるかを既《すで》に知っていると、分かってはいたけれど。

涙《なみだ》は出ず、ただ呼吸《こきゅう》だけが荒《あら》くなる。

「結局のところ、暗殺者と怪物《かいぶつ》は、それほど大差ない。傍《はた》から見ればね」

神秘調査会のその男は、後頭部を指でかきながら、薄《うす》く笑った。

「でも当人たちは……どう思っているのだろうね。ぼくは知りたいよ。目を見開き、星の風に訊《たず》ねさえすれば、この世の神秘はすべて解き明かされるのだから、ね」

美しい夜に似つかわしい騒然《そうぜん》とした風が、月をわずかに空へと押《お》し上げる。

彼は夜空を見ていた。


乾《かわ》いた香《こう》の匂《にお》いはもう残っていなかった。

いや、残っていたのかもしれない——ただそれを打ち消すほどに充満《じゅうまん》した、もっと生臭《なまぐさ》いもののせいで、なにも感じ取れなくなっている。ミズーは半分だけ目を閉じて、店の中を見回した。二日前に来た時と、どこが違《ちが》うと聞かれたならば、大差ないと答えただろう。変わらずに散らかり、薄汚《うすよご》れ、こもった空気にも黴《かび》の胞子《ほうし》が混ざっている。

違うのは、壁《かべ》と言わず床と言わず天井《てんじょう》と言わず、丹念《たんねん》にのばして塗《ぬ》ったとでもいうように、べったりと血の跡《あと》がついていることだった。

真っ暗な、半地下の店の中。いや、あの男は確か、事務所だと言い張っていたか。もうどうでもいいことなのだろう。こうなれば、地下墓地《ちかぼち》と呼んでも問題はない。ミズーは適当に気配だけで、目的のものを探し当てた。テーブルの上に、傾《かたむ》いて立っている、蠟燭。

軽く意識をまとめて、その蠟燭の先端《せんたん》へと伸《の》ばす。糸となって紡《つむ》がれた思念の道が、蠟燭に結びついた。さらに意識を集中する。

輝《かがや》きが生まれた。弾《はじ》ける熱の玉が、蠟燭に火を灯《とも》す。

ミズーは、静かに息をついた。店の中が、望んでいたほど明るくなったわけではない。それでも明かりはありがたかった。マントの下で、自分の胸に触《ふ》れてみる。我知らず、動《どう》悸《き》が速まっている。

無論、念糸を使ったせいではない――既《すで》に意識せずとも扱《あつか》える念術能力は、蠟燭を熱した程度で苦にはならない。暗闇《くらやみ》を破《やぶ》いて、火を灯す。それはたいした作業ではなかったが、なにかの封《ふう》を解《と》いたような後ろ暗さを感じなかったわけではない。

(馬鹿《ばか》げてるわね)

彼女は自分で否定して、身体に触れていた手を離《はな》した。

(今さら、たいしたことじゃない……こんなことは)

人間の血は、臭《にお》いで分かる。

舐《な》めればもっと確実だが、そこまでする必要はあるまい。わずかな明かりの中で、建物のあちこちに付着した血液を見回して、ミズーはうなずいた。人間の血だ。

そして、これも考えるまでもなく分かることだが。店の内装を塗《ぬ》り替《か》えるほどのこの血《けつ》痕《こん》は、ゆうに失って致命的《ちめいてき》な血液の量を越《こ》えている。数人分の血だと言われても、驚《おどろ》きはしなかっただろう。

(でもこれは、ひとりの血ね)

ミズーは断定した。たいした理由があったわけではないが。

(……この店の広さじゃ、何人分もの死体を解体《かいたい》できない)

そこまで考えてから、ようやくミズーはマントの下から手を出して腕組《うでぐ》みした。軽く、上腕《じょうわん》をさする。大量の血液があり、死体がない。死体は解体されたと考えるのが自然だろう。普通《ふつう》に殺しただけならば、これほどの出血をする前に心臓《しんぞう》が停止する。死体は解体された。

「…………」

無言でミズーは、腰《こし》の剣《けん》を、鞘《さや》ごと外した。その鞘の先で、一番最初に目についた棚《たな》に収まった陶製《とうせい》の瓶《かめ》を押《お》してみる。もともとは香が入っていたものだろうが……

意を決して、剣を突《つ》きだし、瓶を床に落とす。鈍《にぶ》い音を立てて砕《くだ》けた陶器の中から、肉の塊《かたまり》が転げ出た。どこのなにかは不明だが、臓器だろう。黒く変色し原型も止《とど》めず、医者でも見分けをつけるのに躊躇《ちゅうちょ》するかもしれない。隣《となり》にあった瓶も叩《たた》き割ると、そちらには輪切りにされた骨がいくつも入っている。まだ血の気を失っていないその遺骨《いこつ》には、粘《ねば》り

けのある繊維《せんい》がからみついて、殺害者が念入りに肉を削《そ》ごうとしていたことを物語ってい
た。
床にある血だまりの、最も深い部分を見つけ、そちらに近寄る。そこで、死体は解体さ
れたのだろう。なにか複雑な形の塊が目についた。よくよく見てみると、髪《かみ》の毛だと分か
る。
(死体を解体するメリットは……犯行現場から持ち出しやすく、処分《しょぶん》しやすいこと)
だが犯人が、そのメリットをまったく放棄《ほうき》していることについては疑いない。
あるいは――
(バラバラにしても、細切れにしても、なおその死体が死んでいることを、どうしても信
じられない……のかもね)
皮肉《ひにく》混じりに、そんなことを思いつく。
人間が生物《せいぶつ》であったことを示す臭気《しゅうき》に、ふと頭痛《ずつう》を覚えて彼女はこめかみを押さえた。
指先の感触《かんしょく》が、痛いほどに強い。
(なんにしろ……これで、振《ふ》り出しにもどったわけね)
失望のこもった眼差《まなざ》しで、ついこの間――少なくとも二日前までは――人間だったはず
の肉片と血だまりを見下ろし、彼女はうめいた。ダフィナスがなぜ殺されたのか、理由は

想像できても、確信はない。自分とは無関係の敵も多かっただろう。それらが偶然《ぐうぜん》、彼を死なせたのかもしれない。

「……偶然……」

唇《くちびる》を開かずに、言葉が漏《も》れる。亡霊《ぼうれい》にでも尋《たず》ねるように。

「さて……ダフィナスのほかに、ベスポルトの消息をつかめる人間がいるのかどうか……」

いるのかもしれないし、いないのかもしれない。なんにしろ、手間はかかりそうだった。

と——

「…………？」

ふと、彼女は目を止めた。机がある。それは最初から気づいていなかったわけではなかったが。

血の洗礼《せんれい》を免《まぬが》れているわけでもないその机の上に、不自然なほど目立って書類の束が重ねてあった。表紙には、覚えのある名前が記《しる》されている。

それを取り上げて、ミズーは顔をしかめた。探していた名前——その報告書だった。めくってみると、件《くだん》の男の経歴から細かい特徴《とくちょう》まで、きっちりとまとめてある。

（ダフィナスが、わたしに渡《わた》すつもりだった資料……かしらね）

懐《ふところ》にそれをしまい込み、あたりを見回す。惨劇《さんげき》の部屋には、あとはもうめぼしいものも見あたらないが。

彼女はそのまま、入ってきた通路から外に出た。もう用はない。背の低い出口から顔を出し、夜の街に進み出てから、マントを翻《ひるがえ》して自分の身体を見下ろす。血痕《けっこん》がないか、ざっと確かめてから、彼女は吐息《といき》した。

二日前に、この店に入り、そして出てきたのと同じ——似たような時刻だった。月の位置も変わらない。風の温度も変わらない。違《ちが》うのは、次に会う約束をしたあとだったか、もう二度と相まみえないことを確認《かくにん》したあとであるか。大きな違いだが、どうでもいい違いだとも言える。

「……彼は、海千山千《うみせんやません》の情報屋。敵も多かった」

ミズーは独りごちて——そのつぶやきが、意識して発したものではなかったことに苦笑いした。続けてなにを言おうとしていたか？　自分になにを言い聞かせようとしていたか？　考えずとも分かっていた。馬鹿《ばか》げたことだ。

(この死は、わたしのせいじゃない)

そのつぶやきが含《ふく》むうそ寒い気配に、身震《みぶる》いする。

(まったく……)

マントの下で、剣《けん》の柄《つか》に手をかけて——

(いちいちそんなことを考えなきゃならないなんて、どうかしているみたいね、ミズー・ビアンカ!)

抜刀《ばっとう》すると、一瞬に閃《ひらめ》いた金属の感触《かんしょく》が、反動《はんどう》と甲高《かんだか》い音とともに、闇《やみ》に弾《はじ》ける。刀身に絡《から》みつくように回転してから足下《あしした》に落ちたのは、刃《は》を皮で巻いただけの、粗末《そまつ》なナイフだった。

ぱち、ぱち、ぱち……と、気《き》のない拍手《はくしゅ》が聞こえてくる。

振《ふ》り抜《ぬ》いた剣を引きもどし、ミズーはその音の方角へと——といっても、この路地には注意を向けるべき方向は一方しかないが——、顔を向けた。それはナイフが飛んできた向きと、疑うまでもなく重なっている。

拍手はすぐに鳴りやんだ。そして代わりに、やはり気のない声が聞こえてくる。

「すごい——」

「………」

ミズーは無言で、闇を見据《みす》えた。月明かりがあるとはいえ、路地はさほどの広さもなく、視界良好とは言えない。それでも暗がりの中から進み出てくる、男の姿を見据えることはできた。

「すごい——よ。すごい……どうしたら……予測《よそく》もなく飛んできた短剣を切り払《はら》うなんて芸当《げいとう》ができるんだ？」

「勘《かん》よ」

ミズーは即答《そくとう》した。そして、

「あと……これだけの本数を投げつけられたら、そりゃ一本くらいは偶然《ぐうぜん》にでも弾《はじ》き返せるんじゃないかしら」

まるでそこから生えているとでも言いたげに、自分の太股《ふともも》に深々と突《つ》き刺《さ》さったナイフを見下ろしながら、うめく。

「五本……だよ。ほとんど外れたようだが……そうか。当たったか」

男の全身が、闇から現れた。一見して、冴《さ》えない——そういった男だが。ミズーは額に浮《う》き出た脂汗《あぶらあせ》を決然《けつぜん》と無視して、足の傷口から広がる悪夢《あくむ》のような激痛《げきつう》からも意識をそらした。男を、その男の存在だけに集中する。自分が今、どれだけの深手《ふかで》を負ったかなど、考えなくてもいい。

空いている左手で、足に刺さったナイフを引き抜く。自分の血がついたその凶器《きょうき》を、彼女はそのまま足下に捨てた。弾き返した真《ま》っ新《さら》なナイフと、汚《よご》れた刃とが、鈴《すず》にも似た音を立てて交わる。

ミズーは見下ろす気にはなれなかったが、男は興味津々《きょうみしんしん》のようだった。まだ離《はな》れているその位置から、のぞき込むようにしてそのナイフを見つめている。大きいが、どこか暗いその瞳《ひとみ》を爛々《らんらん》とさせて、男は歓声《かんせい》か、あるいはただの引きつったしゃっくりか、そのどちらともつかない音を立てた。

「お前か」

「……人違《ひとちが》いよ。と言えば、陳謝《ちんしゃ》して医者でも連れてきてくれるのかしら？」

皮肉で言ったことも、男には面白《おもしろ》かったらしい。笑ってみせた。ほおを斜《なな》めに押《お》し上げる、そんな笑《え》み。無精髭《ぶしょうひげ》の中で、口が広がっている。

男はそのまま、言ってきた。

「お前だよ」

「知ってるのなら、聞かないで欲《ほ》しいわね。ところで……こっちが聞いてもいいかしら。あなたはわたしを誰だと思ってるの？」

「お前だよ」

繰《く》り返す言葉だけが、聞こえてくる。

見えたものは、ほかにもあった。少なくとも、笑みを浮《う》かべた男の言葉よりは、有益《ゆうえき》な情報が。男が右手に、包丁のような刃物《はもの》を携《たずさ》えているということ――顔面に貼《は》り付《つ》いた眼には、迷いらしい迷いもうかがえないこと。

ミズーは、傷ついていない右足にゆっくりと体重を移《うつ》し替《か》えながら、相手を待った。路地の出口は男にふさがれているが、逃《に》げ道がないということもないだろう。恐《おそ》らく店の中にとって返せば、抜《ぬ》け道のひとつもあるはずだ。が。

胸中で、うめく。

(足が動かないんじゃ……逃げられないわね)

左足の感覚は既《すで》に失われていた。急いで止血《しけつ》する必要があるだろう。今後の人生、まだその足を必要とするのなら。

男が、包丁を持ち上げて——それを顔の横で、月光に当ててみせる。恐れる顔でも見たかったのだろう。ミズーは軽く笑いかけた。軽かったのは笑いだけで、それを作るためには、喉《のど》の筋を引きちぎるほどに伸《の》ばさなければならなかったが。

なんにしろ、男は構わなかった。続けて言ってくる。

「奴《やつ》も……逃げなかった」

「…………？」

視線だけで問いかけると、彼は舌を出した。

「情報屋だ。奴も足を怪我《けが》して、動けなくなっていた……いい方法だと思った。まず……

獲物《えもの》を……逃げられなくするんだ」

「…………」

「いつも逃げるから、苦労するんだ……」

男が一歩を踏《ふ》み出す。こちらの剣《けん》を振《ふ》り回したところで、とどくには、まだ数メートル足りない一歩――ミズーは呼吸を整えながら、剣を握《にぎ》りしめた。

それを見て、男が足を止めた。

「気丈《きじょう》……だな。獲物のくせに」

ひときわ大きく、震《ふる》える声。戦慄《わなな》くように、男の胸までもが震えたようにも見えた。

そして、

「面白い……ことをしてくれるじゃない……か？」

包丁をこちらへと向けて、男は告げてきた。

「俺のしたことを……自分の……仕事だと言って……金をもらうなんてな？」

「……ああ」

ようやくミズーは合点《がてん》がいって、肩《かた》をすくめた。

「ウィスウィッツ家の人間を皆殺《みなごろ》しにした……殺人鬼《さつじんき》ってわけね、あなたが」

「そうだ。だが、殺人鬼じゃあ……ない」

「じゃあ、なに？」

聞き返す。と、男は今度は引きつっていない、自然な笑顔《えがお》を見せた。

「特別なんだ……俺は」

そのことは。どうでもいいと言えば、どうでもいい。ミズーは無言で唇《くちびる》を舐《な》めた。汗《あせ》の味がする。

相手との距離《きょり》を正確に目測《もくそく》するには、経験がいる。実際にその距離を体験したという経験である――男の姿を見やり、あたりの明度《めいど》、広さ、相手の背丈《せたけ》、そして距離を順番に頭の中に収めてから、かつてこれと同じ状況《じょうきょう》があっただろうかと検索《けんさく》する。それほどの時間はかからない。あるのならば、大抵《たいてい》は身体が反応する。

記憶《きおく》にあるのは。

鐘《かね》の音《おと》だった。厚い壁《かべ》に隔《へだ》てられた、蒸《む》し暑い部屋の中。聞こえてくるのは鐘だけで、あとにはなにもない。

（殺害は、もともと困難《こんなん》なもの……）

窓は天井《てんじょう》にひとつ。天井近くに、自動着火《じどうちゃっか》のランプがぐるりと下げてある。

その塔《とう》の中心に、自分はいる。

（殺害を可能にするのは、すべて距離にかかっている……）

記憶にあったのは、その光景だった。聞こえてきたのも、その光景に重なっている声。

『学ぶのはお前だ。気づくのもお前だ』

そこはもう、刃物《はもの》を持った男の立ちふさがる路地裏ではない。男の立っていた位置にいるのは、まったく違《ちが》うものだった。赤い髪《かみ》の少女。まだ十代になったばかりの、少し怯《おび》えた顔をした少女……自分と同じ顔の。

声は無論、その少女が発したものではない。遠い天井の窓の上——そこからこちらをのぞき込む、数人の男。その誰かが告げてくる、声。

『お前たちは、究極《きゆうきよく》の武器だ。究極の、絶対の武器だ』

鐘の音。そして声。

瞬《まばた》きして、その光景が消えた。耳の中に、声だけは残っていても。

（すべての距離を自分のものにできれば、殺害は思いのままとなる……）

ミズーは、剣《けん》を持ち上げた。つぶやく。

「……楽しみで、したことなんでしょう？」

男は、きょとんと聞き返してきた。

「なに？」

「あなたはただ楽しんで、あれをしたんでしょう？　だったらわたしがそれをどう利用しようと、口出しする意味もないんじゃないかしら」

「ふざ……けるな」

嚙《か》みしめるような、声。雲が流れたのか、月の光が揺《ゆ》れた。

深海《しんかい》に、いる——追憶《ついおく》というのは深海のようなものだが——、そんな心地《ここち》で、ミズーはあとを続けた。

「賭《か》けてもいいわ。あなた、その服着替《きが》えてないでしょう」

「ああ」

男が、にやりとする。不潔《ふけつ》な服を着ることを喜びとする男というのは、いる。彼はまさしく、その典型であるように見えた。

「ずっと……ここにいたからな。待っていれば、いずれ来ると思っていた……」

「思っていた？　そう聞かされたんじゃないの？」

なんということもない口調で、聞く。と——

「な……に？　なんの話だ……？」

男は、顔面に不快《ふかい》なしわを浮《う》かべた。

構わずに、聞き続ける。

「なんで、ダフィナスを殺したの？」

「……なんだと?」

「あなたに、あの情報屋を殺さなければならなかった理由なんてないんじゃないかしら。よく考えてみて」

理解できなかったらしい。男は、不可解《ふかかい》に呆然《ぼうぜん》としてみせている。が、まったく分からなかったということはあるまい。ミズーはなんとはなしに、それを確信していた。彼は分かっている。きっと分かっている。

だが、脳がそれを理解しているかどうかは別問題のようだった。こちらが、理解のできない質問をしているということが、よほど気《き》に障《さわ》ったのか、疑問というよりは怒《いか》りに眉《まゆ》を引きつらせているのが見える。

「なにを言っている?」

「あなたがどうして、彼の店を見つけることができたのかも分からない。わたしが彼に取引を持ちかけたことを耳にした理由ってある? 偶然《ぐうぜん》と言っても、筋が通らない」

「さっぱり分からないな、貴様の言っていることは」

「そう」

ミズーは、ため息をついた。

「あなたのような人も結構多いのよ」

それは、ただそれだけの意味に過ぎなかったのだが――

「多い――？」

男が示した反応は、彼女の予想を上回るものだった。手にしていた包丁を、自殺するかにも見えるほどに抱《かか》え込み、怒号《どごう》を張り上げる。

「俺は特別なんだ！　なんだってできる……タフで、切れる。有象無象《うぞうむぞう》とは違《ちが》う……」

「その有象無象が、どうしてあなたを恐《おそ》れると思う？」

外《はず》れだ。

この男からはなにも得られない。

軽い落胆《らくたん》とともに――どうして軽いのかといえば、無論それが慣れたことだからに他《ほか》ならないが――、ミズーは剣《けん》を構えた。普通《ふつう》に振りかぶるのとは多少、違う。剣を水平にしたまま、大きく肩《かた》の上に担《かつ》ぎ上《あ》げ、一気に突き出す！

――刹那《せつな》の激突音《げきとつおん》が、闇《やみ》を、光を、空気を、影《かげ》を、短く揺《ゆ》さぶる。

男の身体が、斜《なな》めに傾《かし》いだ。頭部の重量が変化したせいだろう。左目から頭蓋《ずがい》の内部へと突き刺《さ》さった剣の重みにぐらりと傾《かたむ》いて、そして、倒《たお》れる。悲鳴も痙攣《けいれん》も残さずに、男はそのまま絶命《ぜつめい》していた。もはや死体となったその男へと投げつけたミズーの剣が、墓標《ぼひょう》のように、真《ま》っ直《す》ぐに立っている。

それを見つめながら、失血《しっけつ》にさむけを覚え、ミズーは独《ひと》りごちた。

「あなたが氷山《ひょうざん》の一角《いっかく》に過ぎないからよ」

そして、そのまま気を失った。

「ほんの、氷山の一角……」


「面白《おもしろ》いことにね。ぼくがこうして、夜空に向かっておおっぴらに話しているというのに、語られたことは永遠の謎《なぞ》のままなんだ。理由は簡単だ。誰も聞きゃしないからさ。月に向かって語った言葉は、誰の耳にも聞こえない。思うにね。神秘なんてものは、すべてそんなものなのさ――」

第二章　ブロンコバスター
（暴風の連れ子）

「……アストラは……どこ？　昨日《きのう》、連れて行ったでしょう？　帰ってきてないよ……」

「彼女はもうもどらない。お前だけが残って、お前は勝った。そういうことだ」

「…………」

彼女は男を見上げて、瞬《まばた》きを二回した。

涙《なみだ》は出なかった。

考えてみれば、あの時泣いていれば、その後の自分の生活というのも、だいぶ変わっていたのだろう。

……そんなことはないのかもしれないが。まったく。

覚えているのは鐘《かね》の音《おと》。

答えてはくれないその男の代わりに、何度も鳴《な》った。昔からそうだったのだろうと思う。

彼女はその時から、誰《だれ》と話をすることもやめたのだ。

アストラはいなくなった。実際、その日から会うことはなかった。

鐘の音が鳴り響《ひび》く。この音だけはなくならない。

壁《かべ》の向こうから。時により口調も変わり、大きさも変わる。

鐘の音とは話ができる。

その翌日のことだった。手渡《てわた》されたそのレリーフは重く、ひんやりと冷たく感じた。なんだろう——なにか布を留めるための装身具《そうしんぐ》だろうか。今まで、まさかその類《たぐい》のものを身につけたことなどはなく、その用途《ようと》を想像《そうぞう》できたのも、後になって付《つ》け加《くわ》えられた勝手《かって》な記憶《きおく》なのだろうとは思う。銀色の、重量感のある彫金《ちょうきん》。ここが工房《こうぼう》の都市であるということは知っていた。だから、その細工《さいく》に今さら驚《おどろ》くこともなかった。獅子《しし》の横顔。鋭《するど》い牙《きば》を見せつけるように、大きく顎《あご》を開《ひら》いた凶暴《きょうぼう》な獣《けもの》が象《かたど》られている。ただしその眼だけが、金属ではない。白い宝石《ほうせき》がはめ込んであった。

レリーフには、文字が刻《きざ》み込《こ》んである。

彼女はそれを読み上げた。

「……ハート……オブ……？」

「お前が得る力のことだ」

男——昨日とは別の男——が、厳《おごそ》かに告げる。

いつだって思い出の中のその男たちは、逆光《ぎゃっこう》がかかったように顔に影《かげ》を落としていた。

その男たちの個性だけは、どんな深い夜を過ごそうと、浅い眠《ねむ》りにうなされようと、記憶に蘇《よみがえ》ることはない……

だから、男たち、としか分からない。その男は、ただ静かに続けた――とは言えない。ただ静か、ではない。決してない。

顔は分からないが、その眼差《まなざ》しは、なにか微笑《ほほえ》むような、怯《おび》えるような、そしてどこか決定的に蔑《さげす》むような……そんなものであったと覚えている。今では理解できる。当時は分からなかった。ただ、気持ちの悪い顔だとしか思えなかった。

男は笑うつもりだったのだろう。彼の崇拝《すうはい》する神に向かって。

「これが精霊《せいれい》だ。これらは――世界を破壊《はかい》する力をも持っていると、先人《せんじん》は語った。その真偽《しんぎ》は分からないが、この獣精霊《じゅうせいれい》は、世界でも最強の力を持った一体だ。使いこなせば、お前に敵《てき》はない」

自分に敵はない。

無敵《むてき》の存在であれ。

彼女は、声に出さずにつぶやいた。

自分は無敵。無敵であれ。何者も敵さず、不可触《ふかしょく》の存在であることを示せ。その方法は……

「名前は、お前がつけるがいい」

はっと、我に返った時には。

男はもう部屋を後にして、そして自分の手の中には、獅子のレリーフだけが残っていた。

目覚めれば、自分はもちろん十二歳《さい》の少女ではなく、鐘《かね》の音も蒸気《じょうき》の臭《にお》いも追憶《ついおく》の中に消える。

気分は最悪だった。悪寒《おかん》だけが身体《からだ》の芯《しん》に残っており、筋肉《きんにく》の反応《はんのう》も鈍《にぶ》く、重い。起きあがることができるだろうか？——彼女は本気で不安になって、とりあえず身じろぎした。鋭《するど》い痛みと、それを取り巻く鈍《にぶ》い疼《うず》きとが、身体を這《は》い登《のぼ》ってくる。彼女は自分の喘《あえ》ぎ声を聞きながら、舌を鳴らして唇《くちびる》を噛《か》んだ。疼きのほうは無視していい。痛みだ。激痛《げきつう》が、記憶《きおく》を浸食《しんしょく》しているようだった。自分が負傷《ふしょう》した経緯《けいい》を思い出せない。

否《いな》——

覚えていることもあった。少なくとも、自分は昨日、ベッドに入ってなどいない。

まぶたを開く。カーテンが閉じられた、暗い部屋の中。天井《てんじょう》は清潔《せいけつ》で、シーツは洗剤《せんざい》の香《かお》りそのものを嗅《か》ぎ取れそうなほど乾《かわ》いた芳香《ほうこう》を発している。人間が一晩《ひとばん》入っていた寝台《しんだい》ならば、この香りはない。つまるところ、自分はそれほど長い時間、ここに寝《ね》ていたわけではないのだろう。

　自分が服を着ていないことはすぐに意識した。いや、下半身に、中途半端《ちゅうとはんぱ》ななにかをはいている。少なくとも下着でもズボンでもない——と思い手をやると、硬《かた》い布《ぬの》の塊《かたまり》のようだった。布自体は柔《やわ》らかい。しばらくして、それが包帯《ほうたい》と、傷口に当てられたガーゼかなにかだと分かる。痛みの正体も知れた。ひどい怪我《けが》をしている。起きあがることもできそうにない。

（どういうこと……？）

　彼女は厳《きび》しく——己《おのれ》に厳しく問いつめた。

（思い出しなさい。さっさと。ミズー・ビアンカ）

　名前を思い出すことはできた。苦笑して、繰《く》り返す。ミズー。自分の名前。

　そこはどこか、宿の一室に思えた。安宿《やすやど》ではない。朝に、紅茶《こうちゃ》を期待できるような宿だった。カーテンも二重《にじゅう》で、陽光《ようこう》を遮《さえぎ》るものと、影《かげ》を作る程度のものと。窓のそばには花瓶《かびん》と水差しまである。長期で滞在《たいざい》する客のためか、クロゼットがふたつ置いてあった。絨毯《じゅうたん》には足跡《あしあと》ひとつない。ベッドのすぐ下には、自分のものであるブーツと並んで、室内用のスリッパがそろえて置いてあった。ひらひらしたレース付きの室内履《しつないば》きと、使い込まれた革製《かわせい》のブーツとが仲良く並んでいる図というのは、見下ろしてあまりにも馬鹿《ばか》げていると思えたが、だからといってどうだというものでもない。

ひとつだけ、分かったことがあった。

(……ここには、馴染《なじ》めそうにない。わたしは部外者ってことね)

となれば、追い出されるより先に逃《に》げたほうが良い。が、見回してみても、自分の服も武器《ぶき》も見あたらなかった。

怪我をした左足に、力を入れてみる。意志の反動が激痛となって返ってきた。それでも、立ち上がらなければならない。シーツを身体《からだ》に巻き付けて、ベッドから転がり落ちる。

予定では、立ち上がるつもりでいた――のだが、足にまったく力が入らなかった。麻酔《ますい》でもかかっているのだろうかと疑《うたが》うが、だとしたらなんの役にも立っていない。動かそうにも、痛みに震《ふる》えるだけでどうにもならない自分の足に、彼女は毒づいた。

「逆《さか》らったって無駄《むだ》よ――」

口の中にたまった唾《つば》を、絨毯の上に吐《は》き捨てる。

「どうにもなりゃしないわよ。片足でだって立てるんだから」

立とうとしても、足は関節《かんせつ》が緩《ゆる》んでいるのではないかとも思えたが――

右足に重心を傾《かたむ》けて、なんとか起きあがる。バランスを取りながら、彼女はクロゼットのほうを見やった。ガウンでもなんでもいい。着るものくらいはあるだろう。なんとか一歩を踏《ふ》み出そうとした、その時、扉《とびら》がノックされた。

振《ふ》り向く。もう一度、リズムを試《ため》すように、軽いノック。

多くのことができたわけではなかった。視線を左右に散らして、手のとどくところになにか、武器になりそうなものはあるか探《さぐ》る。ない。三度目のノックは、やや遅《おく》れて、その後だった。

「三回ノックをして返事がなかったら――」

予想よりも明るい声が、扉の向こうから聞こえてくる。

「眠《ねむ》っているのだろうから、勝手に入るよ」

扉が開いた。

入ってきたのは、若い男だった。赤みがかった黒の長衣《ちょうい》。軽薄《けいはく》とも優雅《ゆうが》ともいえる物腰《ものごし》で、服を抱《かか》えて入ってくる。言葉に反して、ミズーが部屋の真ん中で待ち受けていても特に意外だとは思わなかったようだった。予定内のイレギュラーだとでも言いたげな微笑《ほほえ》みを浮《う》かべ、挨拶《あいさつ》の形に口を開こうと――

した瞬間《しゅんかん》に、ミズーは渾身《こんしん》の力で金切り声を発した。

「きゃあああアアアア――！」

シーツにしがみつく格好で、そのまま床《ゆか》にしゃがみ込む。

「誰か！　助けて――」

「言っておくけれど」

彼は、それほど慌《あわ》てふためくでもなく、きょとんとしてから、

「君はぼくの妻だってことになってる。この宿の主《あるじ》にはそう言った。で、あと君は一晩中そうやって寝言《ねごと》でうなされてたし、今さら叫《さけ》んでも助けは来ない」

「…………」

ちっ、と舌打ちして、ミズーは黙《だま》り込んだ。改めてじろりと、その男を観察《かんさつ》する。

ひとことで言ってしまえば、優男《やさおとこ》だった。年齢《ねんれい》は、自分と大差《たいさ》ないだろうと思える。あまり敏活《びんかつ》そうな質《たち》にも見えないが、それは単に、こういった手合いというのは闊達《かったつ》なものだという思いこみから来るのかもしれない。どちらにせよ、お世辞《せじ》にも――お世辞なのかはともかく――危険《きけん》な相手には見えなかった。

彼は再び顔の下半分を笑《え》みの形にすると、部屋に入って後ろ手に扉を閉めた。あとは躊《ちゅう》躇《ちょ》なく近寄ってくると、抱えていた服をこちらに差し出して、

「とりあえずの着替《きが》えだよ。遠慮《えんりょ》する必要はない。サイズは……まあ、この宿の女将《おかみ》のものだからね。君が……その、見た目通りなら、十分に入ると思うよ」

「…………」

無言でそれを。

受け取り、そして。

意識《いしき》を凝《こ》らす。その一瞬で事足りた。

意志を力として、いや、力の通路として開く。

ミズーの身体から膨《ふく》れあがった、目に見える念の道が、音もなく男の首に巻き付いた。この思念《しねん》の糸――念糸《ねんし》によって、実際に動きが封《ふう》じられるということはない。だが、男は驚愕《きょうがく》に目を見開いて、それ以上逃《に》げようとも、抗《あらが》おうとすらしなかった。

着替えを手にしたまま、ミズーは小さく囁《ささや》いた。

「念糸って知ってる？」

「えー……と。ああ、聞いたことがある。ぜひ一度見たいと――」

「願いが叶《かな》って良かったわね。これが念糸よ。わたしはあと少し気を入れるだけで、あなたの身体を沸騰《ふっとう》させるくらいの熱量《ねつりょう》を注ぎ込むことができる」

「……ええっと……」

彼が唾《つば》を飲むのが聞こえてきた。構わずに続ける。

「ふりほどくことも、逃げることもできない。ルールは分かった？」

「よっく……分かった。と思う」

男は壊《こわ》れた人形のように首をかくかくと振《ふ》ると、同意の印《しるし》か降伏《こうふく》の証《あかし》か、両手を挙げてみせた。これは余分《よぶん》な動作だが、特に止める筋合《すじあ》いもない。

受け取った着替えに視線を落とし、とりあえず下着を探しながら、ミズーは問いかけた。

「……あなたの名前は？」

「アイネスト・マッジオ……」

「何者？」

「あ、あの……さ。君が怒《おこ》るのは理解できる。理解できてるつもりだよ。でもね、ぼくは君を助けたんだよ。怪我《けが》して、死にそうだった君をさ。医者まで呼んでさ。代金を払《はら》ったのもぼくだ」

彼は——アイネストなるその青年は、挙げた両手を振りながら、言い訳がましく声を引きつらせた。

「服は……なんていうか、血まみれだったから脱《ぬ》がせたんだ。今、洗濯《せんたく》させてる。勝手なことだったかもしれないし、申し訳ないとは思うよ。だけど、それ以上の謝罪《しゃざい》を求められても困《こま》る。親切心《しんせつしん》じゃないか」

「……………」

と、こちらが黙《もく》していることを隙《すき》と見たか、さらにまくし立ててくる。

「ぼくはね。なんていうか、通りすがりのおせっかいな——」

「わたしに嘘《うそ》を言った人間はね」

ミズーは、ぴしゃりと告げた。視線は上げないまま、

「不幸になるの」

「……それって警告《けいこく》かな?」

アイネストの声は、わずかに震《ふる》えていた。まだ顔は上げず——ミズーは微笑《ほほえ》んだ。そして、

「違《ちが》うわ」

即答《そくとう》する。

「約束よ。決して違《たが》えたことはないわ」

「分かった……答える」

観念したのか、彼の口調が、多少変化する。

「ぼくは、神秘《しんぴ》調査会《ちょうさかい》の者だ……」

「アスカラナンの? 隣国《りんごく》の人間が、よく自由に行動できるものね」

「自由じゃない。滞在《たいざい》期限《きげん》が決まってる。一月後には、国外に出ないと」

神秘調査会。

ミズーは初めて顔をしかめて、知っている限りの知識を頭の中に広げてみた。決して詳《くわ》しいわけではないが、かなりの大組織である。知らないわけでもない。

「確か……この世のすべてを、知識として網羅《もうら》するとかいう学者の集まり……だったかしら。アスカラナンの商人がスポンサードしている」

「網羅しようとしている、かな」

やや自信ない様子で、アイネスト——

「神秘の探求《たんきゅう》は永遠に終わらない。探索《たんさく》は、次なる神秘との出会いを生む。君と出会ったのもきっと運命《うんめい》が」

と、突然《とつぜん》声を途切《とぎ》れさせ、黙《だま》り込む。ぽたぽたと、滴《したた》るほどに発汗量《はっかんりょう》が増えていた。

恐《おそ》る恐る、汗《あせ》をぬぐう彼を冷たく見据《みす》えて、ミズーは告げた。

「体温が五度上がると、無口になるみたいね。温度はあなたが発火《はっか》するまで上げることができるわよ。その前に、正直《しょうじき》にもなってくれるといいんだけど」

「……君に興味《きょうみ》を持ってつけ回していたというのが本当だ。監視《かんし》していた」

「どうやって？　気配《けはい》はなかった」

「ぼくは……それが特技《とくぎ》なんだ。その……観察するのがさ」

さらに汗が増える。息も上がっていた。金髪《きんぱつ》も湿《しめ》って、ぼさぼさになりつつある。

「尾行《びこう》とも言うよね。あの……ええと……観察する対象《たいしょう》にこちらが気取《けど》られるようじゃ、一流の観察者とは言えない……こちらの存在が、対象物の行動や性質を変化させてしまうからね。できれば、もっと、君を……気づかれないまま、観察したかった。でも、その、昨夜《きくや》は、ほっといたら死んでしまいそうだったからね。もう一度言うよ。ぼくは……君を助けたんだ」

「…………」

彼を、じっと見る。

アイネストは、水分を放出して喉《のど》が渇《かわ》いたのか、細い首によく目立つ喉仏をしきりに動かしていた。暑くてたまらないだろうに、震《ふる》えている。途切れ途切れのかすれ声で、彼は続けた。

「助けたんだ。恩に着せる気はない……けど、恩に着てくれても……いいんじゃないかな……？　君は、義理堅《ぎりがた》い人に見える……」

「…………」

「ね、ねえ……そろそろ発火するんじゃないかな。そんな気が……」

「たとえば」

相手の言葉は無視して、低く、うめく。アイネストが聞いているかどうか——聞いていたとして、熱に浮《う》かされた脳で理解できるかどうかは分からなかったが、構わずにミズーは続けた。

「これは偶然《ぐうぜん》だと思う？」

「……なにが？　さ」

「たまたま、あなたのような愚図《ぐず》がわたしにつきまとっていて、死にかけたわたしを治療《ちりょう》するために医者まで呼んでくれた。これは偶然？」

「さ……さあ。どうかな。偶然っていうのは、突《つ》き詰《つ》めて考えればすべて必然《ひつぜん》だし、必然は、大局的《たいきょくてき》に見渡《みわた》せばすべて偶然で……永遠に巡《めぐ》るんだ。師匠《ししょう》はそう言っていたよ。問答《もんどう》を希望するのなら、あのさ、ぼくは平熱《へいねつ》であったほうが会話しやすいよ」

「…………」

ミズーは念糸を解いた。たった数分で衰弱《すいじゃく》しきった学者が、ばったりと床《ゆか》に倒《たお》れる――空気をもとめてあえぐ彼を見下ろし、彼女は深々とため息をついた。彼の用意した着替《きが》えをはたいて、

「あなた、独身《どくしん》でしょ」

「へ？……ああ、うん。どこかに書いてある？」

「下着まで借り物を着けられるとでも思ってるの？　洗濯中《せんたくちゅう》でもなんでもいいから、わた

しの服を持ってきなさい」

服。

本当に洗っている途中《とちゅう》だったのか、湿《しめ》ったまま丸められている。

おずおずと差し出されたそれをひったくり、床に投げつけてから、ミズーは念糸を解き放った。自分の服に思念《しねん》を触《ふ》れさせて、己《おのれ》の意のままになるよう促《うなが》す。さほどの時間はからずに、服の温度が上昇《じょうしょう》して、湿気《しっけ》が取り除かれた。

それを見ていた学者が、口笛《くちぶえ》を鳴らす――

「すごい。やはりすごいね。なんていうか、その……便利《べんり》だ」

「ねえ」

ミズーは彼を遮《さえぎ》ると、彼の目の前で、拳《こぶし》を握《にぎ》ってみせた。一度裏返して、よく見えるようにしてやってから、告げる。

「これ、どう思う？」

「随分《ずいぶん》と尖《とが》った拳だね」

「もしわたしがあなただったら、これで殴《なぐ》られる前に部屋から出てくけど」

「……ぼくもそう思うよ」

意外と素直《すなお》に、彼が出ていく。

扉《とびら》が閉まるのを確認《かくにん》し、ミズーはシーツを丸めて捨ててから、手早く服を着込んだ。包帯を巻いている部分でズボンが引っかかるのを無理やりに詰《つ》め込んでから、そこを見やると、ぴったりその位置に穴が空いているのが見えた。これはあとで繕《つくろ》うしかないだろうが、今は暇《ひま》がない。彼女はまた舌打ちした。あの学者、狙《ねら》ってのことかどうかは分からないが、武器《ぶき》を持ってはこなかった。皮の胴鎧《どうよろい》も、剣帯《けんたい》も、隠《かく》し武器が収納《しゅうのう》されているポーチも。

ただし、マントはあった。

「…………」

無言で、取り上げる。洗う際《さい》に外されたのだろう。丸めた布を解《ほど》くと、金属製のマント留めが転がり出てきた。うっかり床に落としそうになり、途中で受け止める。落としたからどうなるということもなかっただろうが。

安堵《あんど》の吐息《といき》を漏《も》らして、彼女は留《と》め具《ぐ》にマントを通し、身体を包み込むように布を回した。炎《ほのお》のような、真紅《しんく》のマント。

痛む足を引きずりながら窓際《まどぎわ》まで歩いていき、カーテンを開くと、もう外は明るかった。昼前というところだろう。うなされていたということは、医者に薬でも服《の》まされたのだろうか？　それはあり得ることかもしれない。

窓から景色を見下ろすと——そこは二階だった——、なんということのない街の風景があるだけだった。住人が殺されたことも、殺人鬼《さつじんき》がひとりいなくなったことも、なにも構わずに進んでいく日常。押《お》し寄せる圧倒的《あっとうてき》なこの平凡《へいぼん》の力には、それらの事件はなんの意味も持たない。

(……ダフィナスの死体が発見されるのは、いつ頃《ごろ》かしらね)

彼の事務所とやらには、ひっきりなしに客が来ていたはずだ。だとすれば、そう遠いことではないだろう。巻き込まれたくなければ、できるだけ早く街を出なければならない。どのみち、そう長く滞在《たいざい》するつもりはなかったが。

扉がノックされた。

苛立《いらだ》たしく思いながら、振《ふ》り返る。ノックは三回繰《く》り返されてから、止まった。その合板のドアを見つめながら無視していると、挙動《きょどう》だけは遠慮《えんりょ》がちに、扉が開く。

顔をのぞかせたのは、わざわざ確認するまでもなく、金髪《きんぱつ》の学者だった。アイネストが口を開く前に、ミズーは咳払《せきばら》いした。

ばさり、とマントの裾《すそ》を鳴らしてから、告げる。

「また寝《ね》てると思ったわけかしら」

「いや……あの。話をしたいと」

「ありがとう」

「え？」

「助けてくれてありがとう。感謝してるわ。これでいい？　さようなら」

「あの——」

　手を差し出してうめく彼に、ミズーはそれまでわずかにでも浮《う》かべていた微笑《ほほえ》みを消した。

「わたしはもうあと一言もしゃべるつもりはないの。次になにかするとしたら、あなたを追い払《はら》うためのなにか効果的《こうかてき》な行動じゃないかしらね。それを分かっててそこにいたいのなら、いればいいわよ」

「ものすごくよく分かってるし、できればぼくもそうしたい。でも聞いたほうがいいと思うよ。ぼくの話を」

　ミズーは無言で、指を鳴らした。

　アイネストは瞬間、迷ったようだったが——それでも退《ひ》かなかった。複雑な表情で、視線だけをなんとか、横から、背後へと回そうとしているようにも見える。開ききっていない扉の裏側をしきりに気にしていた。

（…………？）

初めて、気にかかる。と、

「たった今、ね。この人たちが来てしまってさ……ちょっとぼくにはわけが分からないんだけど……」

反射的に、ミズーは身構えた。

左足が動かない状態で、構えることはできない――背中を窓枠《まどわく》に預け、マントの下で両脇《わき》を締《し》める。同時に扉《とびら》が蹴《け》り開けられた。アイネストがつんのめるようにして転倒《てんとう》する上を、制服姿の男がふたり、乗り越《こ》えて突進《とっしん》してくる。

(警衛兵《けいえいへい》……！)

街を警護《けいご》している一般《いっぱん》衛兵だろう。若い衛兵と、中年の男。若いほうが瞬発力《しゅんぱつりょく》で勝る分、多少先行している。警棒《けいぼう》を振《ふ》り上げて――

交錯《こうさく》の刹那《せつな》、ミズーは逆らわずにそのまま床《ゆか》に腰《こし》を落とした。突撃《とつげき》してきた衛兵の下腹《したばら》を、思い切り蹴《け》り上げる。

「う――!?」

悲鳴は、窓ガラスが砕《くだ》け散《ち》る音に紛《まぎ》れた。若い衛兵の身体が舞《ま》い上がり、そのまま窓を突《つ》き破って外へ飛び出していく。

(もうひとり……！)

ミズーは身体をひねると、残った衛兵に向き直った。衛兵は相棒《あいぼう》があっさり戸外《こがい》へ落下していくのをぽかんと見やったあと、自分も警棒を抜《ぬ》いて、改めてこちらへと駆《か》け寄《よ》ってくる。

もう、立ち上がる手間はかけられなかった。床を転がるとタイミングを測《はか》って、踏《ふ》み出してくる衛兵の靴《くつ》の下に、ブーツのつま先を滑《すべ》り込《こ》ませる。

衛兵の顔が驚愕《きょうがく》に歪《ゆが》むのが見えた。そのまま勢いよく、足を跳《は》ね上げると、為《な》す術《すべ》もなく敵の身体は宙《ちゅう》を舞《ま》った。大きく一回転し、側頭部《そくとうぶ》から床に叩《たた》きつけられる。うめく男へと、すぐさま這《は》って近寄《ちかよ》り――その首の上に肘《ひじ》を落とす。衛兵がぐったりと力を抜いて、失神《しっしん》したのを確かめてから、ミズーはようやく一息ついた。

窓の外から、悲鳴と動揺《どうよう》の声、ざわめきが聞こえてくる。続いて、路面にガラスがまき散らされる騒音《そうおん》。もう一度悲鳴。先ほどの警衛兵が地面に落下したのだろう。さほどの高さでもないので、よほど運が悪くなければ死ぬことはないだろうが。

床に這《は》い蹲《つくば》ったまま、ミズーは顔を上げた。部屋の入り口に、自分と似たような格好で転がっている学者と視線が合う。

彼は、愛想笑《あいそわら》いを浮《う》かべてみせた。ミズーは笑う気にならず――無言で、アイネストのもとへと這っていった。

「いや……あの……はは」

笑い声をあげる彼のもとへと、急いで這いずる。膨《ふく》れあがった絨毯《じゅうたん》の感触《かんしょく》が、肘にもどかしい。

「ええと、ぼくの話を――」

「聞かせてもらおうかしら」

たどり着いて即座《そくざ》に、ミズーは彼の首を摑《つか》まえた。

「どういうこと？」

「実はよく分からないんだ。さっき、君が着替《きが》えてる間に、彼らが急に来てね」

嘘《うそ》かどうか。そんなことはもう考えることをやめていた。ミズーはしばらく考え込んで――

「………」

そして、不意に気づいた。

「あなた医者に、なんて言ってわたしのこと診《み》せたの？」

「もちろんわきまえてる」

彼は自信たっぷりにうなずいてみせた。

「脳を剣《けん》で貫《つらぬ》かれた通り魔《ま》の近くに怪我《けが》して倒《たお》れていた、としか言ってないよ」

「……償《つぐな》うつもりがあるのなら、わたしの武器を全部持ってきなさい。消《け》し炭《ずみ》にするわよ」

「あれ？」

不思議そうにうめく彼の顔を見つめながら——

ミズーは、苦々しく認めた。現実は認めなければならない。傷ついて動かない左足。自分に肩《かた》を貸して運んでくれる人間が必要だ。

外に落下した衛兵が、呼《よ》び子《こ》を鳴らすのが聞こえてきた。

剣帯《けんたい》を締《し》め、初めて身体が健康《けんこう》を取りもどしたようにも思える。足が動くようになっても、同じ気分は味わえないだろう——ミズーは苦笑しながら、独りごちた。剣に生き、剣に死ぬ。そんな連中もいる。自分は恐《おそ》らく違《ちが》う。が、それでも剣が要《い》る。

皮で出来た鞘《さや》から剣を引き抜《ぬ》いて、刃《は》を確かめる。血の跡《あと》も残っていない。とすれば、服だけでなく、剣の手入れまでしてくれたということか。銘《めい》もない、どうということもない剣だが、小型の刃物ならばともかく、粘度《ねんど》もある鋭《するど》い刃をこれだけのサイズに保《たも》つには、それだけでもかなりの技術を要《よう》すると。

「投剣《とうけん》でもなんでもないのに、そんなものを投げるなんて」

余計な声に集中を乱された気分で、ミズーは振《ふ》り向いた。アイネストが、しみじみと感じ入ったように声をあげている。

「よほどの練習が必要なんじゃないかな。腕力《わんりょく》もね。でも、昨夜のは、念糸を使えば良かったんじゃないかって思うけど」

「念糸は、相手と自分を思念の道でつないで、そしてさらに意志を注《そそ》ぐというツーアクション。剣は、投げてしまえばそのあとは気絶《きぜつ》してもいい。分かった？」

「当たることが確実とは限らないじゃないか」

「確実よ」

ミズーはそれだけ告げて、話を打ち切った。剣を鞘にもどして、剣帯の後ろ側——腰《こし》の位置にあるポーチの蓋《ふた》を開く。手触《てざわ》りだけで、中に入っているものを確認《かくにん》する。問題はないようだった。

が、アイネストは納得《なっとく》がいかなかったのか、

「外れたことがないとでも言うのかい？」

「もし一度でも外していたら、わたしが今日まで生きてこられたはずがないと思わない？」

「まあ……そう、かな？」

「手を貸して」

彼の手を摑《つか》んで、それまで身体を預《あず》けていた壁《かべ》から離《はな》れる。あまり積極的に使おうとしなければ、傷の痛みは我慢《がまん》できた。

すくみ上がる筋肉《きんにく》をなんとかなだめて、そして――しばらく彼の顔を見てから、観念してため息をついた。背の高い学者に身体を預けて、なんとか外に出る。

あれだけの騒《さわ》ぎを起こした後、その宿の勝手口から逃《に》げ出すというのは、いかにもお粗《そ》末《まつ》なことだったかもしれない。脈打つように高まる痛みに自虐的《じぎゃくてき》になりながら、ミズーはうめいた。だが、ほかにどうできる選択肢《せんたくし》があったわけでもない。なるたけ急いだつもりではあったが、逃走路《とうそうろ》の大半は警衛兵にふさがれたと考えるのが自然だろう。勝手口から続く裏路地《うらろじ》は、ゴミ捨て場とそれに隣接《りんせつ》した、ゴミなのか貯水槽《ちょすいそう》なのか見分けのつかない汚《よご》れた木の水槽のほかには、目立ったものもなかった。ひとけもない。ないはずはないが……

と、彼女は足を止めた。

もっとも、自分で歩いていたわけではない――自分を引っぱろうとするアイネストの脇《わき》腹《ばら》に肘《ひじ》を突《つ》き入れ、立ち止まらせる。

げっぷのような息を吐《は》いてから、学者が止まった。

「な——なんだい？」

「忘れ物よ。わたしが持っていた書類……あったはずよ。どこ」

「ああ、それならここにある」

彼はあっさりと、喜々とすらして、鞄《かばん》から書類の束を取り出してみせた。その時に気づいたが、いつの間にか彼はすり切れた古い鞄を抱《かか》えていた。宿から出、そして街を脱出《だっしゅつ》するため、彼にも荷物《にもつ》をまとめるように言っておいた。彼の手荷物は、それひとつらしい。一抱えほどの、どうということもない鞄だが。

なんにしろミズーは彼の手から書類をひったくると、懐《ふところ》に入れた。

アイネストは、そのまま泥棒《どろぼう》とでも言われたかのように傷ついた表情をのぞかせてはいたものの、無理に気丈《きじょう》な声をあげようと、どこか呼吸を引きつらせていた。聞いてくる。

「なんだい、それは？」

「どうせ読んだんでしょ」

「あー……ええと、公文書《こうぶんしょ》だったように見えたからね。ごめん。極秘《ごくひ》とも書いてなかったし」

どうでもいいことではあった。

（どうせ、見たところでなにが分かるわけでもない）

胸中で、冷たく告げる。

（こんな男の居所《いどころ》を探すような物好《ものず》きもいなかった。わたしがその物好きである理由なんて――）

分かるはずもない。

無視しておけばいい、と自分に言い聞かせながら、彼女は口を開いていた。

「わたしが探している男よ」

「へえ？」

仕草《しぐさ》で一応こちらに断ってから、また進み出す彼について、ミズーも道を歩き出した。

あまり急ぐこともできそうにないが、急ぐ必要がある。

彼は――しゃべっていないと不安なのかもしれない。こちらの体重を支えながら歩くため、早くも息を上げつつも、あとを続けてきた。

「その書類に書かれている男、退役《たいえき》した軍人《ぐんじん》みたいに書いてあったけど」

（……やっぱり、無視しておけば良かった）

悔《く》やんでも遅《おそ》い。激痛《げきつう》に苛《さいな》まれながら会話しなければならないことを呪《のろ》いつつ、彼女はうなずいた。

「まさしく、退役した軍人よ。恩給《おんきゅう》も受け取らずに、辺境《へんきょう》に隠棲《いんせい》しているらしいってところまでは調べたんだけど、そこで情報が途絶《とだ》えてた」

「ひょっとして、国の機密《きみつ》にかかわるような重要人物だとか……」

「だったら黒衣《こくい》が黙《だま》ってるわけないでしょう。とっくに殺されているわよ。その男は、ただの退役騎士《きし》。つまらない、なんにもない男」

「…………」

彼は、すぐに矛盾《むじゅん》に気づいたようだった。

「なら、君のような人が追いかける理由もないんじゃないか？」

疑問をすぐに質問にしなければ気が済まないのだろう――わざわざこちらが話すのを避《さ》けたことを聞いてきた。

今度こそ無視して、先を急ぐように促《うなが》す。

その頃《ころ》には路地を抜《ぬ》けて、大通りの手前にまでたどり着いていた。一応、手が回っていないかアイネストだけ先行させて確かめてから、人混みでごった返す通りへと乗り出す。

大通りといっても、そう広いものではない――夜の屋台街ほどでなくとも露店《ろてん》が並び、ますます道をせまくしている。

（……囲まれたら終わりね）

逃《に》げ道が多いわけでもなく、なにより人混みが逃走《とうそう》を妨《さまた》げる。追いにくいのは警衛兵も同じだろうが、通行人がどちらを邪魔《じゃま》しようとするかは考えるまでもない。

(急がないと――)

思ったところで足が動くようになるわけではないのだが、ミズーは毒づかずにはいられなかった。

「雨でも降ってくれればいいのに」

「え?」

「逃亡には雨がいいのよ。余計な人が出歩かず、気配《けはい》と物音《ものおと》も消してくれる。視界《しかい》も悪くなる」

「そんな希望を言われても、天気ばかりはなんともできないよ」

「分かってるわよ」

吐《は》き捨てて、あたりを見回す。人の流れの中で、それほど視界が利《き》くわけでもないが、なにか別のことに意識を集中していなければ卒倒《そっとう》しそうなことも事実だった。

生きた柱の中を、ぐるぐると進む。そんな心地《ここち》で、歩き続ける。

「逃亡には、雨がいいのよ。余計なことを考えずに済むし……」

ぶつぶつとうめいていると、彼がこちらの顔をのぞき込もうと、首をひねっているのに気づく。それで立ち止まられても困るのだが——ミズーは皮肉を飛ばす気力もなく、足を止めた。彼が、細い目をさらに細めて、声までひそめて言ってきた。

「あの……ひとつ提案《ていあん》があるんだ」

「なぁに？」

「このまま逃げても、あまり成算《さいさん》がないと思う」

「そうね」

うなずいてミズーは、髪《かみ》をかき上げた。汗《あせ》を含《ふく》んで重くなっている。

彼は重々しくあとを続けた。

「足が必要なんじゃないかな」

「付《つ》け替《か》えてくれる？」

「そうじゃなくて、移動手段さ。馬でも牛でもいいよ。亀《かめ》でもいい」

「だんだん遅《おそ》くなっていくのはどういうこと？」

「あまり気にしないで。つまりだね……その。あまり言いたくないけど、君は非常に重い——いや、あの、とても健康的で」

「あまり気にしないで」

「ああ、うん。つまりはずっとこうして抱《かか》えていく自信がないというか」

「……言ってることは正論だと思うわ」

しぶしぶながらも認めて、ミズーは横目で通りの反対側を見やった。野菜《やさい》を運んでいる荷馬車《にばしゃ》が、人混みと同じ速度で、のろのろと進んでいる。

「そうだろう？」

同意したのが嬉《うれ》しかったのか、アイネストが明るい声をあげた。

「いや、君はとても魅力的《みりょくてき》な女性だと思うけど、少しその、逞《たくま》しすぎるところが――あ別にいいんだよ本当に」

（勘違《かんちが》いしてる馬鹿《ばか》はほうっておいて……）

ミズーは無言のまま、剣帯《けんたい》のポーチを開けた。中から、角張《かくば》った鉛《なまり》の塊《かたまり》をふたつほど手のひらに移して、蓋《ふた》を閉じる。

おおざっぱな六面体。ひとつを人差し指と中指の間に――もうひとつを中指と薬指の間にはさんで、持ち上げる。

「これはその、決して、はからずも触《さわ》ってみたりしてしまった感想だとか下卑《げび》たことではなくてだね、ちょっとしたなんていうか、先輩《せんぱい》からの忠告《ちゅうこく》みたいに受け取ってもらえると嬉しいげふ」

空いている左拳《こぶし》を学者の下腹《したばら》に突《つ》き込んで黙《だま》らせ、うずくまろうとする男の頭の上から、構えていた鉛の弾《たま》を思い切り目標へと投げつける。

馬が大きく嘶《いなな》いた――

荷馬車が派手に跳《は》ねて、載《の》せていた西瓜《すいか》やトマトのかごが音を立てて転がり落ちる。それまであくび混じりに手綱《たづな》を握《にぎ》っていた老いた御者《ぎょしゃ》も、悲鳴をあげて御者台から落下した。馬が暴れ出し、その蹄《ひづめ》を振《ふ》り回す姿に通り全体が騒然《そうぜん》となる。

「な、なに？　なに？」

わけが分からずにわめき出すアイネストを押《お》しのけるのに、ミズーは最後の力を振《ふ》り絞《しぼ》った――パニックを起こしつつある群衆《ぐんしゅう》をかき分け、流れに逆らって進んでいく。逃《に》げようとする若い主婦の肘《ひじ》や、狂乱《きょうらん》した様子で人の頭の上を駆《か》け上がろうとする子供から身をかわし、いまだ暴れている荷馬車の荷台へとたどり着く。

野菜を踏《ふ》み砕《くだ》きながら、シーソーのように跳ね回るその荷台に乗り込むのは、そのまま暴れ馬に乗るようなものではあった。が、なんとか腕力《わんりょく》だけで身体《からだ》を引き上げると、ミズーは摑《つか》み所を探して左右を見回した。左右と――混乱する荷台の上は、上下にも大きく揺《ゆ》れていたが。なんとか、御者台の椅子《いす》に肘をかけ、しがみつく。

と――

「おい、お前、なんの真似《まね》だ――!?」

転がった野菜を集めながら、慌《あわ》てた様子の御者が怒鳴《どな》り声をあげている。ミズーは一瞥《いちべつ》だけすると、手の中に残っている、もう一個の鉛弾《なまりだま》をその男の眉間《みけん》へと投げつけた。短い衝撃音《しょうげきおん》だけを残し、御者がその場に昏倒《こんとう》する。

（さて……）

ミズーは改めて、馬のほうを見やった。馬は——左目に弾丸《だんがん》を食らったせいではあるのだが——ひたすらに暴れており、落ち着かせようにも、馬の動きに合わせて馬の身体に巻き付いてしまっている手綱《たづな》に手がとどくはずもない。

と、背後から、間の抜《ぬ》けた声で呼びかけてくる声がある。

「あの——」

見ると、アイネストだった。困惑《こんわく》した面持《おもも》ちで、だが激しく動き回る荷台の上にちゃっかりと乗り込んでいる。

「な、なにかものすごく短絡的《たんらくてき》に、突発的《とっぱつてき》な衝動的行為《しょうどうてきこうい》に及《およ》んでいないかい？　いや君のことを考えなしだなんて思っているわけではないんだよ」

言ってくる彼に、ミズーは肩《かた》をすくめてみせた。

「馬車が手に入ったわ」

「こ、これは手に入ったとは言えないいんじゃないかな……痛っ」

しゃべっていて舌を噛《か》んだのか、アイネストが顔をしかめる。馬の狂乱《きょうらん》は当分収まりそうにもなかった。が、もとより収めるつもりも、ミズーにはなかったが。

彼女は御者台《ぎょしゃだい》に身体を押《お》し込むと、群衆が馬車から十分に離《はな》れたことを確認《かくにん》するために視線を周囲に飛ばした。

「問題なし」

「本当に？」

「………………」

聞き返され、ふと気づいて、振《ふ》り向く。

「あなた、なんでここにいるの？」

ミズーは目をぱちくりさせてから、アイネストに問いかけた。学者は足の下が自分の背《せ》丈《たけ》にも匹敵《ひってき》するほどばたばたと暴れ回るのに、なんとか振り落とされまいと食い下がっている。

意外そうに、彼が叫《さけ》び返してきた。

「なんでって。君が、逃走《とうそう》に手を貸せとぼくを脅迫《きょうはく》して――」

「もういらないわ。降りて」

「ええ!?」

「足が手に入ったから」

「あ、でもあの、ぼくとしては、君はいまだに興味深い観察対象なんで、できればついていきたいと」

「降りて」

「……ドライ過ぎない？」

学者の、情けない抗議《こうぎ》の声を聞き流していると——

鋭《するど》く、空気を引き裂《さ》くような音が鳴り響《ひび》いた。警衛兵の、呼《よ》び子《こ》の音《おと》。

「ちッ！」

ミズーは舌打ちすると、学者から視線を外した。

「もういいわ。好きにしなさい。振り落とされても拾わないわよ」

「あ、あの……それより、どうやって馬を操《あやつ》るつもりなんだい？　気になってたんだけど」

「動物なんだから、火からは逃げるでしょう」

即答《そくとう》して、目を閉じる。

なにか感じるものだけはあったのか、不安げに声を震《ふる》わせて、アイネストが叫んでくるのが聞こえてきた。

「そりゃあそうかもしれないけど、火ってなにを燃やすつもり——」

答えるまでもない。馬の後ろにある物に決まっている。

ミズーは念糸を解き放ち、それを目標に巻き付けた。

念糸は、つまるところは自分の意志を物質に直接つないで、影響《えいきょう》を与《あた》える。その力の通《つう》路《ろ》だった。使うためには意識するだけで良い。

念じるだけで、それを為《な》す者《もの》のことを、念術能力者《ねんじゅつのうりょくしゃ》、もしくは念糸使《ねんしつか》いと呼んだ。

イシィカルリシア・ハイエンドの異能者《いのうしゃ》。

「ひとつ聞いていいかな！　ミズー・ビアンカ！」

「なぁに？」

集中を邪魔《じゃま》されたくはなかったが、彼女は促《うなが》した。馬にも劣《おと》らず狂乱《きょうらん》した学者の悲鳴が、端的《たんてき》な問いをこちらに投げかけてくる。

「ぼくは馬鹿《ばか》なのかな！」

「多分ね」

あっさりと、ミズーは告げた。

そして彼女の念糸が、馬車の荷台を一瞬で燃え上がらせた。

焚《た》き火《び》の爆《は》ぜる音は、静かに時の経過を数えているようにも聞こえた。揺《ゆ》らめく炎《ほのお》の舞《まい》は一定ではなく、リズムすらなく、それでいて不思議もなく、見つめていて飽《あ》きることもない。夜風を感じながら、ミズーはマントを身体に巻き付けた。寒かったわけではない。そうであれば、もっと火に近づけば良かった。そうではなく、炎の明かりがとどく闇《やみ》との境界線《きょうかいせん》に座《すわ》り込んで、彼女は炎だけを見つめていた。

その炎が、唐突《とうとつ》に激しく踊《おど》る。

熱と光の塊《かたまり》を木の棒でかき混ぜたのは、制服《せいふく》をあちこち焦《こ》げさせた学者だった。彼はようやく声を出す気力が回復したのか――あの逃走劇《とうそうげき》以来この優男《やさおとこ》は一言も声を発していなかった――、ぐったりとではあったが、言ってくる。

「火傷《やけど》したよ」

「……まあ、わたしよりは軽傷《けいしょう》よ」

つぶやきながらミズーは、怪我《けが》をしている左足に手を添《そ》えた。痛みはもはや、上限を越《こ》えて悪夢《あくむ》のようになりつつあったが、同時に慣れはじめてもいた。思ったより早く歩けるようになるかもしれない。

アイネストが、心底あきれたように、顔をしかめる。

「あんな無茶をするとは思わなかった。もっとスマートに脱出《だっしゅつ》するものだと」

「できればそうするわ」

気のない返事をしながら――

ミズーは懐《ふところ》にしまっておいた書類を取り出し、表紙を開いた。既《すで》に流し読みならしていたが、最後に情報を確認《かくにん》するために目を通す。

必然《ひつぜん》、彼を無視する形になったが、学者は自分が話してさえいれば満足なのか、話題を変えながらひたすらに、自分のことを語るのに終始した。故郷《こきょう》、家族、学校、仕事、恋愛《れんあい》、友人、ところどころ矛盾《むじゅん》もあり、明らかに嘘《うそ》と分かる嘘も混じっているのが、脳の半分も聞く側に傾《かたむ》けていない状態でも分かったが。ミズーは適当に相づちだけ、まれに打ちながら、書類を読む作業を続けていた。

と、それもそろそろ終わりに近づいた頃《ころ》。

アイネストの話題が、いったいどういった変遷《へんせん》を経《へ》てそこに至《いた》ったのか、それすらも分からないほど、ほとんどすべて聞き流すことに慣れつつあったミズーは、初めて書類の文字を追う眼球の動きを止めた。

彼が発したのは、こんな一言だった。

「精霊《せいれい》を見たことあるかい?」

「……あるわよ」

思わず返事して、ミズーは書類から目を離《はな》した。彼のほうを見やり、彼の言葉を待つ。

「実は、ぼくがこの国で見たいのは、精霊なんだ」

彼は夢見るように、瞳《ひとみ》を輝《かがや》かせた。実際に、炎《ほのお》の色を受けて、薄《うす》い色の瞳に光と灯《ひ》とが交錯《こうさく》している。

「大陸全土を見渡《みわた》しても、精霊のように強力で、不可思議《ふかしぎ》で、意味不明な存在はない。まさしく神秘《しんぴ》の体現《たいげん》だよ。そうじゃないかな。この帝国《ていこく》にしかいない、帝国の念糸使い……君のような念術能力者だけが、本当の意味で精霊と交信《こうしん》できるんだと聞いているよ。どうなんだい？」

「………」

答えずにミズーは視線をそらすと、再び書類に集中することにした。それも構わないということだろう。学者はとめどもなく、あとを続ける。

「精霊は、ガラスの森とかいうところから出てくるんだろう？　見てみたい。どんな姿なのか。なにを考えているのか——」

と。

「精霊に関する言い伝えがあるの」

唐突《とうとつ》にミズーが口を開くと、アイネストはよほどそれが意外だったのか、裏返ったようにも聞こえる声を発してきた。

「え？」

「今はもうない、イムァシアという都市にね。精霊は、世界をも滅《ほろ》ぼす力だと信じていた人たちがいたのよ」

淡々《たんたん》と、告げる。意識せずに頭を傾《かたむ》け、ほおが肩《かた》に触《ふ》れた。ひんやりとした、金属の感《かん》触《しょく》。獅子《しし》のレリーフを施《ほどこ》されたマント留め。

「……世界を？」

アイネストは、驚《おどろ》いたらしかった。天を仰《あお》いで、額に手をやり大仰《おおぎょう》に、

「冗談《じょうだん》だろう。君は帝国の外に出たことがあるのかい？　アスカラナンの向こうには、シタールの広大な平原地帯がある。その北は氷海だよ。呪《のろ》われた地で、踏《ふ》み入れる者はいない。でもだからってそこで世界が終わってるわけじゃない。神秘はどこまでも続くんだ。海の向こうになにがあるのか、想像もつかないほどの」

ミズーは、肩をすくめてみせた。

「滑稽《こっけい》よね」

ハハハ、と声を立てて彼が笑う。

「まったくさ。世界を滅ぼすなんて——」

「じゃあ、滅びないのかしら。永遠に」

静かにつぶやくと、学者は、はたと言葉を途切《とぎ》れさせた。

「………」

虚《きょ》を突《つ》かれたように呆然《ぼうぜん》とこちらを見る彼に、無表情で告げる。

「どこかに引き金があるのよ。お休みなさい」

そして彼女は、読み終わった書類の束を丸めて、焚《た》き火《び》の中に放《ほう》り込んだ。

ベスポルト・シックルド打撃騎士《だげききし》。書類に記《しる》されていた、その男の居場所は――

マントにくるまって、その場に横になりながら、彼女はどこか微妙《びみょう》に意味の分からない皮肉に苦笑していた。

（……ヌアンタット高地。硝化《しょうか》の森《もり》近くの村。精霊《せいれい》の故郷《ふるさと》……）

第三章　ライオンズ・ハート（心の子）

「帝国《ていこく》の発祥《はっしょう》は、六十年前になる。かつてジルオージラに封《ふう》じられていた正統印《せいとういん》の継承《けいしょう》。これを求めて決起《けっき》した先帝、カリオネル・キューブネルラは、その後たった三十年の間に、この地図の実に三分の一を自分のものにした」

と、学者は広げた地図を手のひらで叩《たた》いてみせた。神秘《しんぴ》調査会《ちょうさかい》の保証《ほしょう》が記《しる》された——

『この地図に誤謬《こびゅう》を発見した方には、賞金を進呈《しんてい》いたします』——、大陸地図。土色《つちいろ》の塗《と》料《りょう》で描《えが》かれた土地のかなりの部分は、帝国と呼ばれる強大な国家の所有《しょゆう》とされていた。その土地のほんの一部、あまりにもちっぽけな一部を、自分を乗せてゆっくりと走る馬車が踏《ふ》みつけている。

脱出《だっしゅつ》に使った荷馬車ではない。それはとうに乗り捨てた。ミズーは干《ほ》し草《くさ》の中に寝《ね》ころんで空を見ていた。空が近くなった気がしてくる。まだ高地と呼べる地域に来たというわけではないのだが。

かたわらで、誰《だれ》に向かってか——いや、彼女に話しかけているのは間違《まちが》いのないところだろうが、アイネストがひとり気を入れて蘊蓄《うんちく》を傾《かたむ》けていた。

「彼の侵略《しんりゃく》があまりにも迅速《じんそく》に完了《かんりょう》できた理由は、誰も彼の出現を予期していなかったからだ。アスカラナンの商連合でさえ、彼の帝国が強大化するまで対応できなかった。そしてもうひとつ、たったひとりの支配者《しはいしゃ》が、それだけの広大な帝国をいつまでも維持《いじ》できるものではないという読みもあったはずだ。先帝は自滅《じめつ》を期待《きたい》されて」

一拍《いっぱく》おいて、指を鳴らす音。

「そして自滅を回避《かいひ》した。彼は帝都イシィカルリシア・ハイエンドを建てて、それ以外を辺境《へんきょう》として放置《ほうち》するという大胆《だいたん》な——というかなんというか——統治《とうち》策《さく》を打ち出した。辺境が離反《りはん》さえしなければ、あとはあえて牛耳《ぎゅうじ》ろうとしなかったのさ。従属《じゅうぞく》することによるデメリットがなく、そして離反することによるメリットがなければ、誰も自由のために血を流そうとはしないだろうと彼は考えた。多分、うまく機能《きのう》しているんだろう。帝国内では、大きな内戦は生じていない」

「それだけじゃないわ」

なんという気もなしに、ミズーはつぶやいた。彼を黙《だま》らせたかったのかもしれないと、言ってから気づく。揺《ゆ》れる馬車に積まれた干し草の上というのは、それほど寝心地《ねごこち》の良いものではないが、疲《つか》れた身体《からだ》は睡眠《すいみん》を欲《ほっ》していた。身体にマントを巻き付けて、肌寒《はだざむ》くなってきた空気を遮断《しゃだん》しながら。

が、アイネストの話は、まったく構わずにさらに勢いを増した。

「ああ、そうだね」

うなずいたのだろう。声が一瞬《いっしゅん》くぐもって、そして元にもどる。

「彼は、それこそ狂気《きょうき》じみた熱意《ねつい》で、特殊《とくしゅ》能力者を集めたんだ。軍に、警察に、そしてそれらを越《こ》えた権限《けんげん》を持つ者に、それを登用《とうよう》していった。実際の数はそれほどのものでもなかっただろうけど、その力の大きさは周囲を恐《おそ》れさせた」

「………」

聞きながら、そして聞き流しながら、ミズーは目を閉じた。心地よい気配《けはい》が、呼吸のリズムを緩慢《かんまん》なものにさせる。

アイネストの声も、次第《しだい》に遠く、闇《やみ》の中へと薄《うす》れていく。

「先帝《せんてい》は、帝国領がアスカラナンと接すると同時に、全世界へと布告《ふこく》した――もうこれ以上の領土拡大《かくだい》はない、とね。彼が、アスカラナンの向こうにある氷海《ひょうかい》の呪《のろ》いを恐れたのではないかと噂《うわさ》する者もいたが、実際は、辺境を支配するのと同じ手を使ったわけさ。抵抗《ていこう》すれば失うものは大きく、なにもしなければ失うものはないと示したんだ。アスカラナンは沈黙《ちんもく》せざるを得なかった。布告に信憑性《しんぴょうせい》がなかったとしてもね。でも先帝は、死ぬまでその約束を違《たが》えなかった。帝位を継承《けいしょう》した息子《むすこ》たちも、今のところは従《したが》っている。先帝の崩御《ほうぎょ》から……ええと、どれだけ経《た》ったのかな。あ、そうか」

夢うつつに聞こえる学者の声は、遠く、意識の縁《ふち》にこだまするようだった。

行って……帰る……波のごとく。

「八年になるのかな……」

「ぼくはさ、いつでもあこがれていたんだ。それに、信じてた。この世のどこかには、ぼくにしかできない、ぼくにしか解き明かすことのできない謎《なぞ》が、ぼくのことを待っているんだってね」

「お姉ちゃん、胡椒《こしょう》は使うかい？」

「……使うわ」

屋台の男からサンドイッチと胡椒の大瓶《おおびん》を受け取り、ミズーはその使いづらい胡椒瓶を傾《かたむ》けて、鶏肉《とりにく》をはさんだパンの上にふりかけた。後ろで、滔々《とうとう》と語り続けるアイネストの声を聞きながら。

「焦《あせ》る必要はなかった……だって相手はぼくを待ってるんだ。ぼくは気をつけるだけで良かった。注意深く、観察しながら、ずっと探し続けたよ。それでね、今こそその謎に、出くわしたような期待感があるのさ」

「考えてみたことはないかい？」

川のせせらぎ――

鳥のさえずり――

河原に転がっていた石を積み重ねて作った、簡単なかまどの出来栄《できば》えに満足して、ミズーはひとりでうなずいた。いや、背後に話し相手がいないわけでもなかったが、あえてひとりで。

「自分の能力のすべてをぶつけても、なお足りないほどの困難《こんなん》ななにか。一生涯《いっしょうがい》かけて克《こく》服《ふく》していくべき試練《しれん》。聞いてくれ。ぼくは裕福《ゆうふく》な家の三男坊《さんなんぼう》でね。それでもそれなりの苦労はした――なんて嘘《うそ》をつくつもりはないよ。親はぼくの言うことならなんでも聞いてくれたし」

「ぼくを学校に通わせることにも積極的だった」

川面《かわも》に、その輝《かがや》きを貫《つらぬ》く異質な閃《ひらめ》きが飛沫《しぶき》をあげた。突《つ》きだした剣《けん》を引き上げると、痩《や》せた魚が胴《どう》を刺《さ》されて暴れている。ミズーは左足の傷口を濡《ぬ》らさないよう気をつけながら、片手で魚籠《びく》を広げた。

肩《かた》を借りている相手の、無用のおしゃべりは無視して、次の獲物《えもの》を探す。

「基本的にぼくは他人の期待を裏切らない子供だったし、そうあることが楽しかったんだ。嫌《いや》みに聞こえるかい？　多分そうだろうね。でも怒《おこ》らないで欲《ほ》しい。ぼくはきっと、君の期待だって裏切らないからね」

二匹《ひき》目の魚は、太っていたため鈍《にぶ》かった。

「もちろん成績《せいせき》は優秀《ゆうしゅう》だったよ。卒業するときに、教師が泣いたくらいだ。一度、理想的な生徒を得て、そして失ってしまった教師というのは可哀相《かわいそう》だね。しかし、仕方ないよ。ぼくの知識は、とうに教師たちを追い抜《ぬ》いてしまっていたから。ぼくは生まれてからついぞ、困難《こんなん》というものを感じたことがないんだ。なんでも、やればできた。ダイスの次の目すら言い当てたさ。実に簡単なコツがあるんだ――」

「…………」

「あれ？　おかしいな。簡単すぎてメモしておくのを忘れたらしい。いや、本当の話なんだよ。ぼくは一晩で寮生《りょうせい》全員の布団《ふとん》と荷物を巻き上げたことがあるんだから。以後、ぼくが在学しているうちは、寮ではサイコロ賭博《とばく》が禁忌《きんき》とされたんだ――」

「…………」

今度は干《ほ》し草《くさ》ではなく、酒樽《さかだる》の間で寝《ね》そべって、ミズーは寝たふりを続けた。

「なんの話だったっけ？　そうそう。生涯《しょうがい》の試練だよ。とてもやりがいのある——」

「ここで別れましょう」

「へ？」

間の抜《ぬ》けた声をあげるアイネストの顔を、ほんのちらりとだけ見上げ——

下から旋回《せんかい》させるようにして、ミズーは拳《こぶし》を突《つ》きだした。みぞおちを下方からえぐると、悲鳴もあげられずに身をかがめた彼の首筋に、今度は上から裏拳《うらけん》をたたき込む。

倒《たお》れた彼を数秒ほど見下ろしてから、ミズーはきびすを返した。

街の入り口には人がいなかった。しょせん、高地と平地を結ぶ、小さな市に過ぎない。それでもヌアンタット高地には、いつの時代も人が望む、あるものが存在している。チャンス、だ。

一攫千金《いっかくせんきん》かもしれないし、もっと巨大《きょだい》なものかもしれない。あるいは悩《なや》まずに死ねるチャンスということで終わるかもしれない。それを求めて人の足が途絶《とだ》えることはない。帝《てい》国《こく》建国後、それなりに長い時が経《た》ち、多数の人々の生活が安定しようとも。

精霊狩《せいれいが》りは、儲《もう》かる商売だと言えた。

硝化《しょうか》の森《もり》に自然発生するその不可思議《ふかしぎ》な存在たちは、人間には到底《とうてい》作り得ない強大な力を、まったくの無償《むしょう》で提供《ていきょう》してくれる。それは機関《きかん》にも、兵器《へいき》にも応用できる力だった。

ミズーは左肩《かた》のマント留めに視線を向けた――世界をも滅《ほろ》ぼす力？

それは、間抜《まぬ》けな学者が笑い飛ばす程度のものだったとしても……

「ち、ちょっと……」

多少ならず声に驚《おどろ》いて、ミズーは振《ふ》り返った。アイネストがふらふらと、立ち上がろうとしている。右手で腹を押《お》さえ、そして左手で首を押さえて。笑っているような、泣いているような、混乱した表情を浮《う》かべている。

「わ、わけが分からないよ。なんだって突然《とつぜん》？」

「もう歩けるようになったわ。あなたは必要ない」

「なんだか、ことあるごとにぼくを遠ざけようとしてないかい？」

「もともと一緒《いっしょ》にいる理由はないもの」

「またぼくが必要になる時が来るかもしれないよ」

「そうね。また会うこともあるかもね」

適当に言ってから、ミズーはふと、皮肉にほおが引きつるのを感じた。苦々《にがにが》しく、付け加える。

「……偶然《ぐうぜん》に」

「偶然じゃない。運命《うんめい》のようなものを感じないか？」

両腕《うで》を広げ、なんのためのアピールかは分からないが、彼はさらに強調してきた。

「多分これはね、ぼくが追い求めてきた神秘《しんぴ》の、大きな答えなんじゃないかって気がしてるんだ——」

ミズーは即座《そくざ》に、彼の顔面を殴《なぐ》りつけた。自分より大きい学者の身体が地面に倒《たお》れるよりも先に背を向けて、嘆息《たんそく》する。

「堪能《たんのう》してなさい」

こんな男に構っている暇《ひま》はない。

（道案内を……見つけないとね）

彼女は街の向こうにそびえる、遥《はる》かな山岳《さんがく》を見上げた。ヌアンタット高地。吹《ふ》き下ろしてくる冷たい風。吹き上げる冷たい風。

はざまに、凍《こご》える街《まち》を抱《かか》えている。

傷はもう痛まないと言えば嘘《うそ》になる。ミズーは顔をしかめて、歩き出した。歩けないことはないが、山を登らなければならないことを考えると、不安も残る。

なかった。

（あとは、情報）

例の書類には、ベスポルトは硝化《しょうか》の森《もり》の近くにある高地の村で、精霊狩《せいれいが》りをして生計《せいけい》を立てているとあった。精霊狩りには機材《きざい》が要《い》る。村から、最も近い大きな街は、ここしかなかった。

（ベスポルト・シックルドが取引をしている精霊取扱業者が、この街にいるはず……）

それを見つけだすことは、それほど難しくもないだろう。免状《めんじょう》を持った業者は限られている。そのあたりをしらみつぶしにするのは手間でもない。アングラな部分にまで入り込むには、時間もかかるだろうが。

（これは偶然じゃあない）

自分に言い聞かせるように、彼女は独《ひと》りごちた。

（ベスポルト・シックルド打撃騎士《だげきし》は、軍属精霊使《ぐんぞくせいれいつか》いの直護衛《ちょくごえい》をしていた。精霊に関する知識も浅くない。だから、退役して精霊に関《かか》わる仕事をしていたとしてもおかしくない。それに彼は——）

刹那《せつな》。

首の後ろになにか鋭《するど》いさむけを覚えて、ミズーは身体ごと振《ふ》り向いた。意識が身体を通り抜《ぬ》けて、敵の存在とその殺気《さっき》を探《さぐ》る。誰かに見られている……

が。

見回しても、視界の中には誰の姿もなかった。仰向《あおむ》けに倒《たお》れているアイネストを除いては。

「…………」

マントの下で、剣《けん》の柄《つか》にかけていた手から、ゆっくりと力を抜いていく。

「わたしに関わるのなら」

存在しているのかどうか分からない——聞いているのか分からない相手に向かって、ミズーは囁《ささや》きかけた。敵がいる。そのこと自体には慣れている。心当たりなどいくらでもある。彼女は声に感情を込めず、あとを続けた。

「——わたしのルールに従いなさい。次に同じ殺気を感じたら、姿が見えなくても殺すわよ」

無論、返事はない——

彼女はそのまま、街へと入っていった。

「その男なら知っているよ」

白い球形のガラス玉——としか見えないもの——を、ひとつひとつ丁寧《ていねい》にフェルトの袋《ふくろ》に入れながら、片目だけをこちらに向け、店主が声をあげた。頭が半分はげ上がった体格の良い中年の男で、その男自身、ハンターだったのだろうと思わせる痕跡《こんせき》がいくつも見える。顔、首、腕《うで》と、露出《ろしゅつ》しているところだけでも数か所の傷痕《きずあと》がのぞいていた。すべて、刃物《はもの》でつけられたような鋭《するど》く深い傷。

伝説の硝化の森《もり》、つまりは木々も土も岩も、すべて結晶化《けっしょうか》した天然の刃《やいば》だけで構成された自然の驚異《きょうい》。話だけならば、いくらでも耳にすることはある。ミズーは店主に、軽くうなずいてみせた。

「大切な用事で、彼を探しているの。会うにはどうすればいいかしら」

「二月に一度は、上の村を降りてここにくる。装備《そうび》の調達《ちょうたつ》と、捕《つか》まえた精霊《せいれい》を売りにな」

つまずくだけで命がなくなる可能性すらある硝化の森では、無論それなりの装備が必要となる――ミズーは、あまり広いとは言えない店内を見回した。ぞんざいに積み重ねられた、専用の防御服《ぼうぎょふく》に、キャンプ道具。強大な力を持つ精霊に対抗《たいこう》するための武器が、店の奥《おく》にあるケースに詰《つ》め込まれているのも見えた。店主が几帳面《きちょうめん》に袋詰めしているのも、水《すい》晶檻《しょうおり》と呼ばれる精霊捕《ほ》獲《かく》用《よう》の道具である。精霊は、水晶檻に封《ふう》じて携帯《けいたい》することができた。もっとも、民間で通常見かけるような水晶檻には、力のない無形《むけい》精霊程度のものしか捕《と》らえることはできないが。

客ではないと知って、片目すらこちらに向けようとはしなくなった店主に、ミズーは聞き返した。

「最近来たのは、いつかしら」

「つい先週だよ。また森に入ると言っていたからな。腕《うで》のいいハンターだから、一度森に入ると一週間は出てこないぜ。だいぶ奥にまで入るって話だ」

「そんなに？」

硝化の森には精霊がいる――

とはいえ、ハンターらの狩《か》りの対象となるのは、主に無形精霊だけである。強大化した精霊と遭遇《そうぐう》することは危険が大きく、また仮に捕らえることができたとしても、使い道がない。産業に利用するのならば、無形精霊で十分なのだから、それ以外を狩るメリットはほとんどなかった。

店主は、太い肩《かた》を力無くすくめてみせた。

「まるで、森の最奥《さいおう》でも目指しているみたいな熱意だぜ？　帝都《ていと》から最新式の装備を調達できないかって、あちこちの業者に働きかけてる。よくは分からんが、魔神《まじん》でも狩ろうってのかね」

「……魔神？」

「最古の精霊《せいれい》のことを、老人たちはそう呼ぶみたいだぜ。俺《おれ》の師匠《ししょう》もそう呼んでいたな。まあ、実際に見たことのある奴《やつ》はいないが、森の一番奥には、とんでもなく強い力を持った精霊がごろごろしてるんだそうだ。森の一番奥は、森の一番古い場所だろ。だから、最古の精霊なんだとさ」

興《きょう》が乗ってきたのか、饒舌《じょうぜつ》になった店主に、ミズーは尋《たず》ねた。

「そんな精霊を狩ることは可能なの？」

「さあなぁ。帝都にあるくらいのでっかい工房《こうぼう》でよ、最大の手間をかけて作った水晶檻になら、魔神を封じることもできるって話だ。まあ、出会った瞬間、その魔神に殺されなければの話だがな。森がまだ小さかった頃《ころ》――つまりは今でいう最奥の部分しかなかった頃には、大軍を使って魔神を狩ることもできたらしい。何百年も昔のことらしいがな、その時代に狩られた魔神を封じた水晶檻ってのが、どこかに残ってるって話だ。大半は、帝都の軍の所有物になってるが、地下取引で出回ってる物も、なくはないとか」

「…………」

「森が広がってからは、最奥の地にたどり着くことすら至難《しなん》だからなぁ。ましてや大軍なんぞ送り込めねえ。あとは……そうさなぁ」

店主は口ごもり、そして顔をこちらに向けてきた。何度か折れたことのあるらしい、潰《つぶ》

れた鼻にしわを寄せて——つまりは不吉《ふきつ》に顔をしかめて——、

「水晶眼《すいしょうがん》、てのがある」

「……水晶眼?」

「聞いたことはねぇかな。硝化《しょうか》の森《もり》の近くに住んでる連中には、たまーに、奇妙《きみょう》な真っ白い眼をした奴が生まれてくることがある。その眼には視力がねえんだが、どんな精巧《せいこう》に作られた水晶檻でも敵《かな》わねえほど、精霊を封《ふう》じる力があるんだとさ。あまりにその効果《こうか》が強すぎて、その眼を持った奴が生まれた瞬間、なんの精霊かは分からねえが、とにかく精霊を封じちまう。しかもその精霊は水晶眼から永遠に出られねえ。水晶眼の持ち主が死んだ後も、水晶眼は腐《くさ》らねえっていうから、まさしく永遠だな」

「ふうん……」

聞いてはみたものの、大事な話題からそれてしまっただけだった。

思い直して、聞く。

「ベスポルトはそんな精霊を狩《か》ってどうしようっていうの?」

「おいおい。奴が本気で魔神を狩るつもりだとは思わねえさ。そんな勢いに見える、ってだけだ。まあ強い精霊を手に入れることができりゃ、儲《もう》けはでかい。確かに買い手は少ないが、大枚はたいてでもそんな精霊が欲《ほ》しいって輩《やから》は、いねえわけじゃねえからな」

「あなただったら買い取る？」

相づち程度のつもりで聞いてみると、彼はよほど可笑《おか》しかったのか、品のない笑い声をあげた。

「なにに使うってんだ？　強力な精霊《せいれい》を欲しがるのは、精霊《せいれい》使いさ」

「でしょうね」

「優《すぐ》れた念術能力者だけが、念糸の力を使って精霊を操《あやつ》ることができるらしい……っても、念糸使いやら精霊使いなんてのはみんな軍人か、それとも——」

「殺し屋」

「…………？」

ミズーが口をはさむと、店主は一瞬、きょとんとまぶたを上下に打ち合わせてから、

「ああ、まあそんなとこだろ。どっちみち、まともな生活をしてる限りは必要ねえ」

「そうね」

うなずいて、告げる。

「ありがとう。役に立ったわ」

「ああ、構わねえよ。次は客として来てくんな」

そのまま、立ち去ろうとして——

ふと、背後から呼び止められた。

「なあ」

「？」

肩越《かたご》しに見やると、店主はまた水晶檻《すいしょうおり》の袋詰《ふくろづ》め作業にもどりながら、不思議そうに聞いてくる。指をさして、

「あんたの、その、肩《かた》についてる……ライオンの」

「ええ」

「眼のところ、水晶檻なんじゃねえのか？　それ」

「そんなわけないでしょう」

そっけなく告げると、ミズーは店から出ていった。


精霊が世に現れたのは、大昔——それこそこの地上に帝国《ていこく》もなく、アスカラナンもなく、ただ人が群《む》れ、魔法《まほう》、マグスの基礎《きそ》が知られはじめた時代。その頃から在《あ》ったという。信心深い古代人たちは、精霊を神としてひれ伏《ふ》し、崇《あが》めた。それを、単に強大な力を有した便利《べんり》な道具として見るようになったのは、いつからなのだろう？

現在、精霊は多種の機関に使用され、兵器として利用され、芸術品として珍重《ちんちょう》されてい

る。

ミズーは、グラスの中の氷を指で回した。壊《こわ》れた楽器《がっき》のような音を奏《かな》でてグラスに触《ふ》れる氷の玉をしばらく見つめて、つぶやく。

(……精霊《せいれい》は、硝化《しょうか》の森《もり》から自然発生する……今こうしている間にも、途切《とぎ》れることなく生まれ続けている)

透明《とうめい》な液体《えきたい》は嗅《か》ぎ取《と》れない芳香《ほうこう》をじんわりと発散《はっさん》し、喉《のど》の渇《かわ》きを促《うなが》していた。古びたカウンター席には自分以外の人影《ひとかげ》もなく、バーテンダーも遠く離《はな》れて関《かか》わってくることはない。

氷はすぐに、回転を止めた。

(こうしている間にも、人の知らない……未知《みち》の精霊が、次々と生まれてきている……きっと……)

未知の精霊。

ミズーは小さく、かぶりを振《ふ》った。考えても詮無《せんな》いことだ。

(一日歩き回って、分かったことといえば、ベスポルト・シックルドは意外と普通《ふつう》に生活しているらしい、ということ。彼は——のはずなのに、なにも気にせず生きていくことができるっていうこと?)

会ったこともないその男の姿を思い浮《う》かべることはできないが。

(彼に会えば……すべては解決することなの？　それとも、なにも変わらない？　わたしに降りかかってきたこのやっかいごとが、ややこしくなるだけ？)

バーは、おおむね静かだった。テーブルは離れて、話し声もただのノイズだと思えば聞こえてこない。薄暗《うすぐら》く、弾《ひ》き語《がた》りが陰気《いんき》な物語を奏《かな》でているのは、余計な会話が他人の耳に入らないようにするためか？　恐《おそ》らくそうなのだろうが。

彼女はグラスの液体をなめて、嘆息《たんそく》した。酒は悪くない。それほど悪くない。うまいと思って飲んだこともないが。

と。

「よう。ひとりかい？」

「…………」

声をかけられ、無言で見やる。隣《となり》の席に、中に人間がもうひとり潜《もぐ》っているのではないかというほど胸板《むないた》の厚い、短髪《たんぱつ》の男が腰《こし》を下ろそうとしていた。にやにやと笑《え》みを浮かべ、自分のグラスをカウンターに置きながら、

「話し相手が欲《ほ》しくないか？　朝まで付き合うぜ」

「…………」

しばらく、その男を眺《なが》めてから――視線を、その背後へと移す。

多少離れたテーブルで、この男の仲間と思《おぼ》しき似たような連中が、小声で声援《せいえん》を送っているのが見えた。

ミズーはゆっくりと席を立つと、カウンターの向こうにいるバーテンダーにコインを投げた。すぐ近くのハンガーにかけてあった自分のマントを取りながら、バーテンに告げる。

「どうやら間違《まちが》って子供の酒場に入ってしまったようね。失礼するわ」

どっと、笑い声が酒場に響《ひび》く。男の仲間があげたものだった。

「おい――」

ひとりだけ、その男当人は、笑う気にはならなかったらしい。顔を歪《ゆが》めて席を立つ――胸を張ると、服の上からでも張りつめた身体の動きが見てとれた。男は顔を紅潮《こうちょう》させ、拳《こぶし》を固めると、

「言ってくれるじゃねえか……だがな、おい。そうやってお高くとまって立ち去ろうとすりゃ無事に逃《に》げられるってもんでも――」

言葉が途切《とぎ》れる。

なにをしたわけでもなかった。というより、ほとんど聞き流していたのだが――なぜその男の声が止まったのか、一秒半ほど考えて、ミズーはようやく思い当たった。マントと

いっしょにハンガーにかけてあった剣と剣帯《けんたい》が、男の目に入ったのだろう。それを腰《こし》につけるだけの時間、たっぷりと沈黙《ちんもく》をはさんでから、男の怒声《どせい》がさらに高まった。

「そんなもんに、俺がビビるとでも思ってんのかっ!?」

勢いでもつけるつもりか、自分のグラスを壁《かべ》に叩《たた》きつける。ガラスの砕《くだ》ける音と、その男の仲間たちがにやにやと立ち上がる音とが同時に聞こえた。

（さて――）

行く手をふさぐ、五人の男を見回して、ミズーはふと考え込んだ。なにを言うべきかしばし迷ってから、結局素直《すなお》に口を開く。

「残念だけど、騒《さわ》ぎを起こすつもりはないの」

余計な騒動《そうどう》に発展させるメリットはない。発展させなければならないほどのことでもない。この街にも無論、警衛兵《けいえいへい》がいる。どうせすぐにヌアンタット高地に向かうにせよ、それまでに面倒《めんどう》は避《さ》けるに越《こ》したことはなかった。

が、

「そりゃあそうだろうな。俺だってそうだ。だったら黙《だま》って座《すわ》ってりゃいいんじゃねえか？」

男は酔《よ》っているのか、それとももっとややこしい感情に後押《あとお》しされてか、もといた席を指し示しながらそう言ってきた。バーテンダーは、かたくなに騒ぎを無視している。ミズーは微笑《ほほえ》んで、告げた。

「あなた今、自分がどれだけ危《あや》うい立場にいるのか分かってる？」

「はっ。警衛兵でも呼ぶってのか？　やってみろよ。てめえを引っかけられるかどうかで明日の夕飯《ゆうめし》が賭《か》かってたが、もう関係ねえ――」

「やあやあ諸君《しょくん》！　待ちたまえ待ちたまえ！」

響《ひび》いた声には――

聞き覚えがあった。瞬間、顔をしかめて入り口へと視線を転じる。と、背の高いにやけた男が、階段を降りて店に入ってくるところだった。

両腕《うで》を広げ、まずは入り口に近い、男の仲間たちのほうへと軽く一礼すると、

「いや、ぼくの連れが失礼をした。本当に申し訳ない――」

「アイネスト！」

ミズーは鋭《するど》く叫《さけ》んだが、彼はこちらを見ようともしなかった。虚《きょ》を突《つ》かれて呆然《ぼうぜん》としている男たちのテーブルへと近づくと、懐《ふところ》から小さな革袋《かわぶくろ》を取り出してみせる。アイネストがそれを振《ふ》ると、明らかに重いコインがこすれるものと知れる音が鳴り響く。

彼はそれを、にこやかにテーブルの端《はし》に置きながら、

「こんなもので解決するのなら、丸く収めておくべきではないかな?」

アイネストの申し出に、男たちは申し分ないようだった。肩《かた》をすくめるなり、冷笑《れいしょう》するなりしながら、テーブルへともどっていく。

残ったのは、いまだ目の前に立ったままの、最初の男だけだった。その男も、仲間が席にもどって革袋を開けるのをちらちらと見ながら、だいぶ迷いはじめたようではあったが。

後押しするように、アイネストが再び朗《ほが》らかな声をあげる。

「分かっているよ。もちろん、君に性的《せいてき》な魅力《みりょく》がないとか、そんなことを思った人間は誰もいないさ。ただ、ぼくの連れは、今どき珍《めずら》しい潔癖性《けっぺきしょう》というか、見かけによらず純情《じゅんじょう》というか……君の誘《さそ》いにびっくりしてしまったのさ。そうだろう?」

最後の一言は、こちらに向けたものだった。が、ミズーがなにを言い返すよりも早く、アイネストはさらに男へと笑いかけた。

「つまりね。君は、怒《おこ》る必要なんかないんだよ。気分よく席にもどろう。それが一番だろう?」

「……へっ」

男は鼻から息を漏《も》らす気の抜《ぬ》けた音を発すると、酩酊《めいてい》した足取りで仲間のテーブルへともどりはじめた。それと入れ替《か》わりに、アイネストが近づいてくる。

「ミズー、ひどいじゃないか」

笑《え》みを苦笑《にがわら》いへと変えて、学者が非難《ひなん》がましく言ってくる。今朝の別れ際《ぎわ》、顔面を手ひどく痛打《つうだ》されたはずなのだが、傷ひとつない。そのことが無性《むしょう》に理不尽《りふじん》にも思えたが、ミズーはなにも言わず彼の次の言葉を待っていた。

「探したよ。本当に。君が高地に行ってしまったんじゃないかって不安だった。案内人《あんないにん》なしで高地に登る、良い手を考えついてね。君もきっと、気に入ると――」

そこまでだった。

ミズーは手近な椅子《いす》の背に手をかけると、片手でそれを持ち上げた。次になにが起こるのか理解して、両手を上げて身を縮《ちぢ》めるアイネストへと、早足で駆《か》け寄り――

そして、その横を通り過ぎて。

ふらふらとテーブルにもどろうとしている男の後頭部《こうとうぶ》へと、その椅子を叩《たた》きつけた。

床《ゆか》に吸い寄せられるように、男が昏倒《こんとう》する。

一拍《いっぱく》の空白をはさんで、男の仲間が再び席から立ち上がった。口々になにやら罵《ののし》りつつ、殴《なぐ》りかかってくる彼らを、数秒ほどの交錯《こうさく》で打ち倒《たお》す。

完全に床に伸《の》びた彼らを見下ろしていると、おずおずと、アイネストが近寄ってくるのが分かった。

「あの……」

とりあえずそれを無視して、テーブルに広げられている、彼の皮袋《かわぶくろ》とコインとをかき集めて、ミズーは呆然《ぼうぜん》としている学者に、それをほうってやった。あわててそれを受け取って、アイネストがうめくのが聞こえてくる。

「ぜ、全然意味がないじゃないか……どう考えても、騒《さわ》ぎを起こすのは得策《とくさく》じゃないだろう?」

ミズーは彼に向かって、きっぱりと告げた。

「あなたに助けられるくらいだったら、なんだってマシよ」

「またそんな悲しいこと言って」

「ずらかるわよ」

「誰も損しないで生きていけるよう、人間は知恵《ちえ》を持ったんだよ」

ぶつくさとぼやく彼には構わずに、店を出る。まだそれほど夜が深いというわけでもなく、通りを歩く人の姿も少なくはなかった。ミズーは特に流れに逆らわず、通りを進もうと歩き出した。なるべく急いで、落ち着ける場所を見つけたい——たかだか酒場の喧嘩《けんか》でそれほどの騒ぎが起こるというわけでもないが、それでも帝国《ていこく》領内で、自分の手配書《てはいしょ》が出回っていない都市はない。

「待ってくれよー」

やや遅《おく》れて、アイネストがついてくる。振《ふ》り返らず、ミズーはさらに歩くピッチを上げた。

「待ってと言われて速度を上げるのってひどいと思うな。ええと、聞いてくれよ。さっきも言ったけど、いい考えがあるんだよ。損にならないよ」

「ベスポルトがいる村は、ハンターの村だから、精霊狩《せいれいが》りのパーティーに混ぜてもらえば村まで案内してもらえる？」

「……あれ？ ぼくもう話したっけ」

「普通《ふつう》考えつくわよ。でもあいにく、その村に行こうとするハンターはいないわ。ベスポルト以外はね」

「なぜ」

ようやく追いついてきて、アイネストが聞いてくる。ミズーは肩《かた》をすくめた。

「昔、精霊のことでなにか大きな事故があったとかで、村はハンターを毛嫌《けぎら》いしてるらしいの。どこの取扱業者も知ってたわ。ただ、それまで村はかなり大人数のハンター基地《きち》になっていたらしいし、道も整備されてるみたい。地図さえあれば、案内人はいらないんじゃないかしら」

「地図！」

学者は嬉《うれ》しそうに顔を輝《かがや》かせると――鞄《かばん》の中を探《さぐ》り、古ぼけたファイルを取り出してみせた。開くと、さらに古びた地図の束が何十枚もはさんである。彼はそれを夢中でめくりながら、

「この国の地図は、手に入る限り全部持ち歩いてるんだ。どこに行かなくちゃならなくなるか、分からないからね。ところでミズー、ぼくのこと役立たずだって誤解《ごかい》してないかい？」

「その地図、あなたを殴《なぐ》って手に入れてもいい？」

「だからまたそういう野蛮《やばん》なことを言わずにさ」

「ひとことで言うと、あなたみたいに馴《な》れ馴《な》れしくて図々《ずうずう》しくて厚かましくて一言多くて足手まといで鬱陶《うっとう》しい人間は嫌《きら》いなの」

「長い一言だね」

「揚《あ》げ足《あし》を取る奴《やつ》も嫌い――」

と。

ミズーは足を止めた。視線だけで左右を見回し、立ち止まりそこねて一歩先を行ったアイネストの腕《うで》をつかむと、

「ミズー？　なにを――うわっ!?」

長身の学者の腕を引っ張って、走り出す。

強引《ごういん》に引きずられ、驚《おどろ》いた声で、アイネストが叫《さけ》んできた。

「ど、どうしたのさ？」

「まずい感じがしたわ。逃《に》げるわよ」

「その説明は、あまりに漠然《ばくぜん》としていると思うよ――」

確かにその通りなのだろうが、仕方がない。ミズーは苦笑《くしよう》した。

（わたしにも分からないんだから……）

感じたのは、街に入る時にも感じ取った、鋭《するど》い殺気だった。実体すら見せないというのに戦慄《せんりつ》するほどの気配を覚えさせるなど、まともなものではない。

その殺気から逃げるように――自分で認めながら気に入らなかったが、これも仕方がない――、ミズーはひとけのない道を探して走り続けた。やがて、数度ほど路地を曲がって、奥《おく》まったせまい裏道へと入り込む。

「な、なんだか……」

周囲を見回し、怯《おび》えた表情を見せながら、アイネストがうめく。

「逃げ込んだにしては、妙《みよう》な場所なんじゃないかな。袋小路《ふくろこうじ》にわざわざ入ってきたような

――」

実際、先は行き止まりだった。走り続けてあがった息を整えつつ、ミズーは彼を見上げると、

「相手を追い込んだと思えば、追っ手というのは姿を見せるものでしょ」

「あのさ。それってかなり危険なことなんじゃないのかな」

「そうね」

あっさりと認めて、剣《けん》に手をかける。殺気にはまったく変化がない。距離《きょり》も、方向も分からないが、ただ背後からちりちりと焦《こ》げるような悪意《あくい》が感じられる。

アイネストが深々と、吐息《といき》するのが聞こえてきた。落胆《らくたん》し、かぶりを振《ふ》っている。

「君ってひょっとして、騒《さわ》ぎが好きなんじゃないかい？」

「手っ取り早いのが好みなだけよ」

剣を抜《ぬ》く。柄《つか》に巻かれた薄皮《うすかわ》を通して、金属の感触《かんしょく》と重みとが皮膚《ひふ》に伝わってくる。それを合図にしたかのように、夜の闇《やみ》に広がっていた殺気が実体へと化けた。

いや、少なくともそう思えた。実際には、物陰《ものかげ》から少女がひとり、姿を現しただけだったが。

「…………？」

出てきたのが明らかな子供だったことに、ミズーは戸惑《とまど》って顔をしかめた。髪《かみ》を長く伸《の》ばした、十四、五の少女である。武装《ぶそう》すらしていない。

その目に感情を沈静《ちんせい》した落ち着きの片鱗《へんりん》が見えていたとしても、さほどの違和感《いわかん》はなかった。ついでに、その奥に、まだその平静さを定着させていない緊張《きんちょう》か興奮《こうふん》のほころびがあったとしても、それも相応《そうおう》といえば相応だろう。つまりは、子供ということだ――ミズーは見たままでそれを認めた。子供であるがゆえに、背伸《せの》びして大人になりかけている。ただそれだけの子供。

彼女はゆっくりと、だが明瞭《めいりょう》な声で聞いてきた。

「あなたがミズー・ビアンカ？」

とりあえず、答えずにおく。ミズーは抜《ぬ》き身《み》の剣の所在をなんとはなしに持て余しながら、その少女を観察した。剣呑《けんのん》な雰囲気《ふんいき》を感じられなくもない。が。

(違《ちが》う……)

胸中で、否定する。殺気の主は、この娘《むすめ》ではない。

こちらが答えようと、答えまいと、関係ないということなのだろう――少女はそのまま、あとを続けた。

「これは警告《けいこく》よ。これ以上、わたしの邪魔《じゃま》をしないで」

言っている意味が、さっぱり分からない。ミズーは、アイネストを横に押《お》しやって前に出た。相手との距離《きょり》を目測しながら、

「あなたとは初対面だったと思うけど」

慎重《しんちょう》に、聞き返す。

「わたしが、なんの邪魔をしたと言いたいのか分からないわね」

「ベスポルトに近づこうとしても無駄《むだ》よ。わたしは、あの男をあなたのような人間から守るよう、命令を受けてるの」

「へえ……」

ミズーはつぶやき――そして。

剣《けん》を投げつけた。

鋭《するど》い金属の刃《やいば》が、真っ直ぐに狙《ねら》った距離を縮め、そして標的《ひょうてき》を貫《つらぬ》く。

長剣は少女の頭の横をかすめて、その背後の空間に突《つ》き刺《さ》さった。殺気の主、少女のすぐ後ろから現れようとしていた、黒い人影《ひとかげ》の顔面に。

突き刺さり――そして、そのまま通り抜けた。少女が、悲鳴か、怒声《どせい》か、とにかく声をあげる。ミズーは気にせず、腰《こし》のポーチから一本しかない格闘《かくとう》用のナイフを引き抜いた。

人差し指と中指に引っかける短い柄《つか》があるだけの、長さ六センチの肉厚の刃。

少女の横を通り過ぎ、こちらへと向かってくるその闖入者《ちんにゅうしゃ》には見覚えがあった。といって、個人的に見知っているわけでもない。ただ、それが属する集団はよく知っている。

この国で、知らない者もいない。

顔も、姿も、全身を黒装束《くろしょうぞく》で覆《おお》い隠《かく》した異能者《いのうしゃ》の集団──

「黒衣《こくい》！」

ミズーは叫《さけ》ぶと、マントを跳《は》ね上げて格闘ナイフを突きだした。必殺の投剣を避《さ》けられた──というより確かに命中したように見えたが──ことに関しては、特に気にはならなかった。黒衣ならば、どんな能力を持っていたとしてもおかしくはない。帝国で最も力のある念術能力者の集まりであり、帝都《ていと》の治安《ちあん》のために活動する。帝都外に出ることは滅多《めった》にないはずだが。

斬《き》りかかる刃を身体をひねってかわしつつ、現れた黒衣は右手をこちらへと向けた。その指先に、自分の物とまったく同じ、格闘用ナイフがある。まったく同じ──

「…………!?」

はっとして、手元を見る。そこには拳《こぶし》があるだけで、確かに握《にぎ》っていたはずのナイフがなくなっていた。

(盗《と》られた……触《ふ》れてもいないのに!?)

声に出さずに悲鳴をあげると、とりあえず通り過ぎる勢いで、数歩分跳躍《ちょうやく》して黒衣から間合いを取る。後を追って、ナイフの気配が空間を薙《な》ぐのを肌《はだ》で感じる。

改めて、対峙《たいじ》する。黒衣は深追いはせず、じっとその場に立ち尽《つ》くしていた。仮面で隠《かく》された顔の、視線がどこを向いているのかは分からないが、こちらを見ているようにも思える。じわりと汗《あせ》がにじむ——ミズーは拳を固めてにらみ返した。武器が通用しないのならば、五体を使って倒《たお》すしかない。

声が聞こえた。少女の声。意味の分からない、いやまるで外国語のような意味のない囁《ささや》き声を早口にまくし立てている。同時に、鼓膜《こまく》を刺激《しげき》する鳴動《めいどう》のような物音が響《ひび》き始めていた。火山の噴火《ふんか》のような——地鳴《じな》りのような。

ただ、最後の一言だけははっきりと聞き取ることができた。

「カリニス！」

ミズーはとっさに、横へと飛んだ。地面を転がって、背後から——少女がいる方向から一瞬で自分のいた空間を通り抜けていったなにか凶悪《きょうあく》な気配から逃《のが》れる。少女がなにをしたのか。頭で理解するより先に、本能《ほんのう》が悟《さと》っていた。少女がつぶやいていたのは、いや唱《とな》えていたのは……

（開門式《かいもんしき》！　精霊《せいれい》を解放する儀式《ぎしき》……）

見る。

少女は長い髪《かみ》を片手で掻《か》き上げた姿勢で固まっていた。右耳にぶら下がっている、球形のガラス玉のイヤリングがのぞいている。それがただのガラス玉ではないのは、見れば分かった。水晶檻《すいしょうおり》。そこに封《ふう》じられていた精霊を解放したのだろう。

解放された精霊は……

ミズーは視線を、黒衣《こくい》のほうへと移した。

少女が解放し、そして一直線に黒衣へと飛び込んだのは、巨大《きょだい》な鋼《はがね》の三角形——としか言いようのない物体だった。黒衣の身体を中心からきれいに両断して、そこで止まっている。鋼精霊《こうせいれい》、というところか。

分かったことが、三点ほどあった。

ひとつは、この少女が黒衣と敵対しているということ——

もうひとつは、だからといって自分の味方ではないということ——鋼精霊は、明らかにミズーごとその黒衣をまっぷたつにしようとしたのだ。

そして、最後に。

黒衣が現れた時点でとっさに逃《に》げ出そうとし、そしてなにかにつまずいてその場にうずくまってうめいているアイネストを見つめながら、ミズーは嘆息《たんそく》した。彼にはなにも期待できないということ。

「動かないで、ミズー・ビアンカ」

少女は冷淡《れいたん》に――今度は逆側《ぎゃくがわ》の髪を手で払《はら》って、告げてきた。もう一方の耳に、まったく同じ、水晶檻のイヤリングがある。

「精霊はもう一体いるの。二度はかわせないでしょう？」

「確かに強力な精霊ね」

ミズーは地面にひざまずいた姿勢《しせい》のまま、マントで身体《からだ》を覆《おお》った。勝《か》ち誇《ほこ》った様子の少女に向かって、鼻から吐息《といき》を漏《も》らす。

「……でも使い手が甘《あま》ければ、その力も発揮《はっき》できない」

「なんですって？」

プライドに触《ふ》れるものがあったのか、顔色を変えて、少女が声をあげる。ミズーはマントの下で、ポーチから鉛弾《なまりだま》を取り出した。横目で、黒衣の方向を促《うなが》して――

「その程度《ていど》のことで、黒衣が殺せるわけがないでしょう」

「……え？」

ミズーは身を翻《ひるがえ》すと、鉛弾を放った。今度も少女にではなく、別の目標に向けて。

脳天《のうてん》から身体を縦《たて》に割られた状態で静止していたはずの黒衣が、まるで壁抜《かべぬ》けでもするように、鋼精霊《こうせいれい》からずるりと身体を引き抜く——と同時に、手にしていた格闘《かくとう》ナイフを、少女に向かって投げつけようとしていた。そのナイフの刀身《とうしん》に、鉛弾が当たって横へと弾《はじ》く。

ナイフはその場で回転し、黒衣の足下《あしもと》に落ちた。よくよく見やると、黒衣の身体から紡《つむ》がれた銀色の念糸が、鋼精霊に巻き付いているのが分かる……

（物質を透過《とうか》させる念糸能力……？）

ということになる。ミズーは立ち上がると——まだ残る、左足の痛みに耐《た》えながら、数歩後退した。呆然《ぼうぜん》としている少女の横を通り過ぎ、先ほど投げた長剣を拾い上げる。

「……そんな……？」

いまだ信じられないのか、ぽかんと口を開けて、少女がうめくのが聞こえてくる。ミズーはしばし彼女を見つめてから——

足音を立てずに彼女の後ろに回り込み、剣の柄《つか》で首の後ろを一撃《いちげき》した。悲鳴もなく、少女がその場に倒《たお》れ伏《ふ》す。

と、黒衣の念糸によって、空中に絡《から》め取《と》られた形で動きを止めていた鋼精霊が、にわかに甲高《かんだか》い悲鳴《ひめい》のような音を轟《とどろ》かせはじめた。さらにはそれ自体振動《しんどう》し、路地そのものを、地響《じひび》きさせる。

ミズーは剣を鞘《さや》に収めると、黒衣を見据《みす》えた。

「帰ったほうがいいわよ。この子みたいに……街中で精霊を解放するような向こう見ずをするつもりがないのならね」

「あ、あのー……」

声をあげたのは——もちろん黒衣ではなく、ようやく起きあがってきたアイネストだった。もうろくに声も通らないほどの轟音《ごうおん》を立てて振動を強める鋼精霊に、落ち着かなげな視線を投げて、聞いてくる。

「なにをやったんだい？　ミズー」

ミズーは無視して、黒衣へと告げた。

「確かに、精霊は念糸使いの念糸に捕《と》らえられると、そこから脱出《だっしゅつ》できない……けれど、念糸によって術者と繋《つな》がれた状態での精霊からのプレッシャーは、容易《たやす》く人体を破壊《はかい》するわよ。知らないはずは……ないわよね？」

実際、精霊の振動に付き合うように、今では黒衣の身体も激しく振幅《しんぷく》を開始していた。数秒か……数分かは念糸使いの力によるが、そのうち精霊からの力に耐えられず、身体が破裂《はれつ》することになる。

黒衣の仮面に表情は表れないが——その眼を見返して、ミズーは続けた。

「飼《か》い慣《な》らされた精霊は、主人《しゅじん》の危機《きき》に反応する。あなたがその精霊を解放すれば――せざるを得ないでしょうけど――、その精霊はこの場にいる全員を殺そうとするでしょうね。その鋼精霊《こうせいれい》と同格《どうかく》以上の精霊で対抗《たいこう》しない限り、どうにもできない」

「ちょちょ、ちょっと！」

声をあげたのは、やはりアイネストだった。ばたばたとはうように駆《か》け寄ってくると、

「この場にいる全員って!?　ミズー、君分かっててやってるの？」

「さっさと失《う》せなさい。さっきも言ったけど、あなたは手詰《てづ》まりよ」

あくまでも黒衣に告げる。と。

黒衣はくるりと背を向けると、念糸を足下《あしもと》に伸《の》ばし、地下へと潜《もぐ》っていった。残されたのは、うなりをあげる、虚空《こくう》に浮《う》いた巨大《きょだい》な金属の塊《かたまり》――

「あわわ」

しがみついてくるアイネストを、ミズーは適当に振《ふ》り払《はら》って一歩前に出た。鋼《はがね》の精霊。

昼間の、精霊商人の話を思い出す。本物の魔神《まじん》というのがどういったものか、それは分からないが。目の前にいるこれも、相当に強力な精霊であることは間違《まちが》いなかった。ついぞ、見たこともないほどの。軍人でもなければ、これほど強大化した精霊を支配《しはい》しようとも思わないだろう。

倒《たお》れている少女に、一瞥《いちべつ》だけくれる。その娘《むすめ》が軍人――軍属精霊使《ぐんぞくせいれいつか》いであるとは、とても思えないが。だが少なくとも精霊を解放する手順には、よどみも失敗もなく、練達《れんたつ》した手並《てな》みを感じないでもなかった。

「ど、どうするんだい？　ミズー」

「ルールを教えてあげる。ただこれは、わたしが決めたルールじゃないけれど」

「う……うん」

「精霊は、水晶檻《すいしょうおり》に封《ふう》じておくことができる。念糸使いは、念糸と開門式を使うことによって、それを解放したり、封印《ふういん》し直したりできる」

鋼精霊がゆっくりと……こちらを向いた。尖《とが》った三角形の先端《せんたん》が、ぴたりと自分の眉間《みけん》を狙《ねら》っていると分かる。

ミズーはただ、説明を続けた。

「精霊は、念糸で紡《つむ》がれたサークルから逃《のが》れることができない。これによって念糸使いは、敵対的な精霊を短時間だけ制することもできる。それが短時間なのは、精霊もまた、念糸の方向性を逆行して術者を破壊《はかい》することができるから。たいてい、精霊のほうが力勝ちするわけね」

「なるほど。オーケイ……それで」

アイネストの弱々しい声は、なぜか鋼精霊《こうせいれい》の発する轟音《ごうおん》の中でも聞き取ることができた。苦笑したくなるほどの震《ふる》え声で聞いてくる。

「君は、あの黒ずくめに手詰《てづ》まりって言ったけど……君は手詰まりじゃないんだよね？」

「そうね。精霊に対抗《たいこう》する手段がひとつだけある」

軽くつぶやいて、意識を集中する。紡ぎだした念糸を、左肩《かた》のマント留め——その彫金《ちょうきん》に埋《う》め込まれた獅子《しし》の眼《め》に巻き付ける。自分の意識と、獅子の瞳《ひとみ》、水晶檻とが接続されたことを認めてから、それに対して解放を命じる。

それが開門式だった。

「出よ！」

たった一言。

鋼精霊が動き出すのと同時。

弾《はじ》けるような恍惚《こうこつ》と、激《はげ》しい反動《はんどう》の中で、ミズーは自分の周囲がすべて、真紅《しんく》に包まれるのを感じていた。

炎《ほのお》が膨《ふく》れあがり——鋼精霊の鳴動《めいどう》が一瞬で消える。

それを消したのは、一撃《いちげき》の衝撃音《しょうげきおん》だけだった。

大気の温度が上昇《じょうしょう》する。気流が荒《あ》れ狂《くる》い、巨大《きょだい》な力の塊《かたまり》が、突進《とっしん》してきた鋼精霊を真横から一撃した。爆《は》ぜる火の粉だけでも石を溶《と》かしてしまいそうな、鋭《するど》く強烈《きょうれつ》な力。太い前《まえ》脚《あし》の爪《つめ》が——炎に包まれた爪牙《そうが》が、鋼鉄の刃《やいば》を打ちのめした。

かすれた鳴動が、悲鳴にも聞こえる。鋼精霊は大きくひしゃげて、せまい路地を大きくえぐりながら転がっていった。そのまま、地面に突《つ》き立った格好で、動きを止める。

「あ……あ……あ……？」

息が詰まったのか、アイネストが喘《あえ》ぎながらそれを指さしていた。なにかが言いたいらしいが、言葉が出てくる気配はない。

その結果は、特にどうということでもない——

強大な力を持った鋼精霊が一撃で打ち倒《たお》されようとも、どうということでもない。

ミズーは自分の傍《かたわ》らに立つ、炎をまとった紅蓮《ぐれん》の獣《けもの》を見上げてつぶやいた。

「よくやった。ギーア」

獅子は、炎のたてがみを振《ふ》ることもなく、じっとそびえていた。油断なく、鋼精霊に注意を向けている。

「ぎ、ぎーあ？」

アイネストが恐《おそ》る恐る、聞き返してきた。ミズーはうなずくと、

「わたしが名付けたの。精霊に対抗《たいこう》する手段はひとつだけよ、アイネスト」

彼女は獣精霊《じゅうせいれい》を指し示して——静かに続けた。
「より強い精霊をぶつけること」

……椅子《いす》に縛《しば》られている。

木製の椅子に座《すわ》らされ、さほどきつくもなく、ただロープで身体を固定されている。眠《ねむ》りから覚めるのとは違《ちが》う、苦痛を伴《ともな》った目覚め。首筋が痛むのは、座った際に眠るいつもの癖《くせ》で、無理に右側へ傾《かたむ》いていたせいだろう。

目が覚めて、状況《じょうきょう》を把握《はあく》するのはそれほど難しくはなかった。ついでに、それが危機といえるほどのものでもないと気軽に悟《さと》る。ロープや椅子などは、なんの縛《いまし》めにもならない。これをした者は、それを知らずにやったのだろうか？　彼女は同情しながらまぶたを開いた。可哀想《かわいそう》に。このマリオ・インディーゴを、こんなことで拘束《こうそく》できると勘違《かんちが》いするとは。

だが目を開いた瞬間、心に生まれかけた安堵《あんど》があっけなく砕《くだ》けるのを、彼女は感じた。耳にイヤリングが残っていない。刹那《せつな》、いやもっと長い時を悪寒《おかん》に耐《た》える——椅子から脱《だっ》することは簡単だが、隠《かく》された水晶檻《すいしょうおり》を探すのには手間取るだろう。ひょっとしたら、どこかの古道具屋にでも叩《たた》き売られてしまったかもしれない。そうなれば、取りもどすことができるのかどうか自体《じたい》、怪《あや》しくなる。

（冗談《じょうだん》じゃないわ……）

激しく動揺《どうよう》して、まだロープを断《き》ってすらいないのに身体を揺《ゆ》する。意味のない行動だということは分かっていたが。

恐らく、どこかの廃倉庫《はいそうこ》か、廃屋《はいおく》か。暗くはなかった。窓のほとんどは板でふさがれているようだったが、壁《かべ》のあちこちから光が漏《も》れてきている。差し込む明かりの角度を見ると、真昼あたりだろうと思えた。もう開けられることはないのだろう枠《わく》の腐《くさ》ったコンテナや、埃《ほこり》にまみれたシートなどが積み重なって、影《かげ》も濃《こ》い。

と、自分と同じ格好で縛られている者がもうひとりいることに、不意に気づいた。目を凝《こ》らす。木の椅子に窮屈《きゅうくつ》そうに縛り上げられて、背の高い男がぐったりとしている。よほど疲《つか》れたのか、目の周りがむくんで見えた。赤黒い長衣《ちょうい》に、奇妙《きみょう》なシンボルが描《えが》かれている。よくは知らないが、目にしたことはあった。神秘《しんぴ》調査会《ちょうさかい》の印《しるし》。

（アスカラナンのスパイ組織《そしき》じゃん）

偏見《へんけん》とは知りつつも断定して、マリオは目をぱちくりした。男は、あの殺し屋——ミズー・ビアンカといっしょにいた。確かに件《くだん》の暗殺者にかけられた罪状《ざいじょう》には、体制反逆《たいせいはんぎゃく》も含《ふく》まれているが、政治的な仕事はしたことがないという建前《たてまえ》だったはずだが。

（……ま、いいか）

そのあたりを考えても仕方《しかた》がない。それに、精霊《せいれい》を失ったことに比べれば、どうでもいいことだった。急《いそ》いだほうがいいだろう——と自分を急《せ》かして、マリオは自分の腕《うで》を縛《しば》っているロープを意識した。念糸を使うことに、五感は必要ない。つまりは見えている必要もない。指で背中をかくほどの労もなかった。念糸を解き放ち、それを意識していれば、心が物体に影響《えいきょう》を与《あた》えることができる。それが念術能力者、念糸使いの力だった。

もっとも、雑念《ざつねん》は障害《しょうがい》になり得る。落ち着いて深呼吸《しんこきゅう》を繰《く》り返し、自分がこれからしようとしていること、たったひとつだけが全神経を支配したと確信できるまでたっぷりと時間をかけてから、彼女は念糸を解き放った。熟達《じゅくたつ》した念糸使いならば、手間《てま》を取らずともこの手順をこなせるというが。

なんにしろ、ロープはあっさりと断ち切られ、床《ゆか》に落ちた。蛇《へび》が地面に落ちる音を連想《れんそう》しながら、身体をさすって血行を取りもどす。

と——

「あ……」

男が気づいたのか、顔を上げた。すがるようにこちらを見上げ、

「助けて。頼《たの》むよ」

「助ける？」

奇妙《きみょう》な心持ちで、マリオは聞き返した。今さらになって、疑問が浮《う》かぶ。

（……なんでこの男がいっしょに囚《とら》われてるの？）

と。自問《じもん》してすぐに合点《がてん》がいった。筋道《すじみち》を立てて考えれば、難しいことではない。

（あ、そうか。わたしもこの人たちも、黒衣《こくい》に捕《と》らえられたんだわ。ミズー・ビアンカは重犯罪人だから即時《そくじ》処刑《しょけい》されたにしても、わたしの身元《みもと》はまだ彼らにばれてないはずだから）

ならば、精霊を奪《うば》ったのも黒衣ということになる。かなりやっかいなことになるだろう。

否《いな》──

（違《ちが》うわ。やっぱり変よ。黒衣はそんな面倒《めんどう》なことはしない）

彼らは、犯罪者を殺すことでしか職務《しょくむ》をまっとうできない。彼らは処刑者《しょけいしゃ》なのだから。

そもそも、なぜあの場に黒衣が出てくるのか、それ自体が極端《きょくたん》に不自然なことだった。

（わたしが尾行《びこう》されてたはずはないし……あの暗殺者をマークしていたのなら、わたしがあれを捕らえるなりなんなりしようとしていたのを邪魔《じゃま》する意味がないし……それとも、なにかあるの？）

「……あのー……」

「え？」

長く考え込んでいたせいで、無視されたものと思ったのだろう。不安そうに、男が声をあげるのが聞こえてきた。考え事を妨害《ぼうがい》され、不快《ふかい》でないといえば嘘《うそ》になるが、さらに考えてみれば、この男に聞けばすぐに分かることでもある。

機嫌《きげん》を取るべきだろう。

マリオは微笑《ほほえ》むと、頭を下げた。

「あ、ごめんなさい……今外してあげるわね」

念糸を伸《の》ばし、男を椅子《いす》に縛《しば》り付けているロープを断ち切る。男は転げ落ちるように椅子から解放されると、大げさに首を振《ふ》ってうめき声をあげた。

「助かった。いや本当に。どうなることかと思った……」

「いったい、なにがどうなったんですか？」

男の顔の高さに合わせて屈《かが》み込《こ》んで、聞く。と、彼は泣き出しそうに表情を歪《ゆが》めてみせた。

「その……君が起きたら、助けてもらえって言われてたんだ」

「誰に？」

「ミズーにだよ。君は、ミズーのことを知っているの？」

「知っているけれど……」

あの暗殺者の手配書は、どこででも見ることができる。一般人《いっぱんじん》にまで知《し》れ渡《わた》っているということはないだろうが。

いつも着けていたイヤリングがなくなって、急に頼《たよ》りなくなった首筋を意識しながら、マリオは聞き返した。

「結局、どういうことなんですか？」

「彼女に見放《みはな》されたんだ。地図を奪《うば》われて、ここに閉じこめられた。ミズーは行ってしまったよ」

「…………」

それは、まずいことだった。

（命令では……絶対にあの女をベスポルトに会わせちゃいけないって）

が、それは表に出さずに——そのつもりで——、唇《くちびる》の端《はし》を嚙《か》みしめる。

（大丈夫《だいじょうぶ》。まだ追いつける。精霊さえ取り返せれば、絶対にわたしのほうが先にベスポルトに接触《せっしょく》できる……）

鋼精霊《こうせいれい》の能力を使えば、ここから例の村までは一日とかからない。精霊さえ取り返せればば……

「見捨てられたんだ……仕方ないよね……あんな精霊見せつけられたらさ。もう食い下が

マリオは歯の跡《あと》がついた唇を開いた。


ろうとは思わなかったよ」

と、男の繰《く》り返す泣き言へと注意をもどして、マリオは歯の跡《あと》がついた唇を開いた。

「おじさん、わたしの精霊は？」

「お、おじさん？」

「イヤリング。耳の。誰が持っていったの？」

馬鹿《ばか》げたことを言っている、と自覚はしていた。イヤリングは耳に着けるに決まっている。だが、どれだけ慌《あわ》てていたとしても、遅《おそ》いぐらいだったかもしれない。精霊がなければ、使命《しめい》は達成《たっせい》できない。

内臓が冷えたのではないかと思えるような、不快《ふかい》な圧迫《あっぱく》。それに耐《た》えていると、男が顔を上げてきた。なにか迷うように一度口を開き――そして、椅子《いす》に身体ごと縛《しば》り上げられていた鞄《かばん》の口を開けて、中を探《さぐ》ると、

「実を言うとね。これと引き替《か》えに、ミズーに地図をあげたんだ。神秘調査会の地図だから、正確なものだ。貴重品《きちようひん》なんだよ」

彼が取り出したのは、イヤリングに加工《かこう》された水晶檻《すいしようおり》だった。ふたつ。

「返すよ。子供の物を取り上げるのは、どうも気まずい」

思わず、引ったくりそうになって――我慢《がまん》する。差し出した手の上に、男がイヤリング

を置いてくれるのを待ってから、マリオはうめいた。息が震《ふる》える。

「……ありがとう」

それを耳に着けながら――顔がほころぶ。特に意図《いと》してではなく。

「あなた、いい人ね」

「そうかな」

彼は、複雑な表情で頭をかいた。はにかんでいるのか、それともこういった年齢《ねんれい》の男には、感謝《かんしゃ》は照《て》れくさいものなのか。

「結局、君は何者なんだい？　ぼくにはわけが分からないんだ」

「わたしは……」

言いかけて、マリオは迷った。うまい説明が思い浮《う》かばない。

自分でも分からない、とも言えない。まさか、受けている命令を明かすのも論外だが。

（……記憶喪失《きおくそうしつ》とでも言っちゃえばごまかせるかしら）

なんとなく思いつく。いい考えかもしれない。が、ここまで話をして、今さら記憶がないというのも妙《みょう》だろう。今回は使えそうにない。

ほかにいい答えがあるか、しばし考え込み――

彼女は、告げた。

「世界を救おうと思ってるの」

「え？」

聞き返してくる彼に、彼女は笑いかけた。自分の胸に手を当てて、

「だから、わたしもいい人よ」

「そ、そう」

「そのためには、わたしのほうが先にベスポルトって人に会わないといけないの。ミズー・ビアンカは絶対破壊者《ぜったいはかいしゃ》だから、なにもかもぶち壊《こわ》してしまう……本当よ。あなた、あの女と縁《えん》が切れたのならそれは良いことなんだから落ち込むことないわよ。彼女は、もう出発しているのね？」

念を押《お》す。彼はいろいろと腑《ふ》に落ちない様子ではあったが、うなずいてみせた。

「うん。でも、ミズーが出発したのはもう昨日《きのう》のことだよ。今から君が追いつけるわけが――」

「大丈夫《だいじょうぶ》」

マリオはつぶやくと、肩《かた》の力を抜《ぬ》いて集中を始めた。念を凝《こ》らし、水晶檻へと意識を接続する。

儀式言語《ぎしきげんご》になぞらえた開門式。その詠唱《えいしょう》は心地《ここち》よく、気分を高揚《こうよう》させた。なにより今、

自分の手には力がある——精霊があるということが、精神を安定させる。この二体の鋼精《こうせい》霊《れい》がいれば、どんなこともできるのだから。

「カリニス！　エング！」

精霊の名を呼ばわり、そして召喚《しょうかん》する。

激しい轟音《ごうおん》。廃屋《はいおく》の中に降り積もった埃《ほこり》が、一気に舞《ま》い上がった。その中で、精霊が自分の身体を押し包むように変形《へんけい》する。ほんの一瞬のことだった。気がつけば——鋼精霊は、彼女の身体を守護《しゅご》する鋼鉄《こうてつ》の鎧《よろい》となっていた。一体が鎧に。そしてもう一体が、右手に構えた長槍《ながやり》に。

精霊の鎧には重さはない。のみならず、鋼精霊の武器のひとつである振動音《しんどうおん》を高めると、鎧ごと、自分の身体が宙に浮《う》かぶ。

飛んでいけば、高地の村に辿《たど》り着《つ》くのも時間がかからない。

男が、ただひたすら大口を開けて、呆然《ぼうぜん》としているのが見えた。彼に手を振《ふ》ってから、一気に加速する。

「……うっそぉ」

そのつぶやきは——

既《すで》に精霊だけが通ることのできる異空間、無抵抗飛行路《むていこうひこうろ》の亜音速飛行《あおんそくひこう》に入っていたため、聞こえはしなかった。

ただ天井《てんじょう》に大穴をひとつ残して、その精霊使いは去っていった。あれだけ響《ひび》いていた振動音もすぐに消え、崩《くず》れ落《お》ちそうな廃倉庫に静寂《せいじゃく》がもどる。

ひときわ大きな光明《こうみょう》をその天井の穴から引き込んで、倉庫の中はにわかに明るくなっていた。穴を見上げ、すっかり度肝《どぎも》を抜《ぬ》かれた格好で、アイネストが棒立ちになっている。

それでも、やがて疲《つか》れたのだろう。かくんと音を立てそうな勢いで首を落とすと、長いため息をつき——そして、

「……どうかな」

独りごちるように、そう聞いてきた。

思わず、笑う。

「演技力《えんぎりょく》は認めてあげる。でもたいして役には立たなかったわね」

言いながら、ミズーはコンテナの陰《かげ》から歩み出た。ずっと身を縮《ちぢ》めて隠《かく》れていたため、腰《こし》が痛む。左足の怪我《けが》ほどではなかったが。

彼は、もっと明確な褒《ほ》め言葉を期待していたのか、かぶりを振って不平の声をあげた。

「君のぼくへの評価は辛《から》すぎるよ」

「誰に対しても同じだけど」

「多分、そうなんだろうね」

どういった意味か、妙《みょう》に納得《なっとく》したようにそうつぶやいてから、

「それで、どう思う？　あの娘《むすめ》」

彼の問いに、ミズーは軽く両手をあげた。なにも分からなかったと言ってもいいほどに、実りがなかった。

「分かったのは、ベスポルトはわたしが思ってるよりややこしい立場にいる、てことかしらね。あの子の話を鵜《う》呑みにすれば、ベスポルトを守ることが世界を救うということにならないかしら」

その話題に関しては相当嫌悪感《けんおかん》があるのか、アイネストが珍《めずら》しく真面目《まじめ》な表情を見せた。嘆息《たんそく》混じりに、言ってくる。

「そもそも、危機に瀕《ひん》してるって話を聞いたことがないよ。この世がさ」

「そうね」

ミズーも認めて、目を閉じる。一芝居《ひとしばい》うったはいいものの、なんの意味もなかった――

（……本当に？）

ちくりと心臓を刺《さ》す不安感があったが。今の話から、なにかが分かったような気もする

のだが、その正体は分からない。彼女は学者の顔を見ると、なにか口にしようと、息だけを肺に貯《た》めた。言葉は出てこなかったが。

その隙《すき》に、ぽつりとアイネストがうめき声をあげる。ばつが悪そうに頭をかいて、天《てん》井《じょう》の穴を指さしてから、

「子供の善意《ぜんい》を利用して騙《だま》すのは、後味《あとあじ》が悪いな」

それは、彼の善意なのだろう――

ミズーは苦笑いを浮《う》かべそうになって、それを隠《かく》した。手で口元を押《お》さえながら、告げる。

「そう？　わたしは、あの子が見た目ほど幼いとは思わないけれど」

「どういうこと？」

彼には分からなかったのか――それとも忘れているのか。驚《おどろ》いたように聞き返してきた。たいして難しいことでもないのだが。ミズーは肩《かた》をすくめてみせた。

「精霊《せいれい》に、躊躇《ちゅうちょ》なく殺人《さつじん》の命令を下したの、見たでしょ」

「…………」

無言になった彼に、ふと、思い出してつぶやく。妙《みょう》に、耳に残った単語。

ミズーは、なんとはなしに、爆発物《ばくはつぶつ》でも扱《あつか》っているような慎重《しんちょう》さで、その言葉を口にし

た。

「……絶対破壊者《ぜったいはかいしゃ》。わたしは、絶対破壊者？」

「ん？」

「あの子がわたしのこと、そう言っていたでしょう」

「そんなこと言ってたっけ？」

覚えていないのか、アイネストが首を傾《かし》げる。それには構わず、ミズーは続けた。

「次にあったら、あの子、ぶん殴《なぐ》ってやらなくちゃね」

「そんなに腹を立てるような呼び名かい？　それ」

時の流れにも、世の流れにも取り残された廃倉庫《はいそうこ》。

埃《ほこり》と、暗闇《くらやみ》と、役にも立たないがらくたと、たまに入り込む野良猫《のらねこ》と——誰も気にしない、その閉《と》ざされた空間の中で。

ミズーは、影《かげ》が自分の顔を隠《かく》してくれていることを自覚しながら、皮肉《ひにく》な笑《え》みを浮かべた。

「なんて言ったらいいのかしらね」

斜《なな》めの光が会話の相手を照らしている。影から光へと、自分の言葉が紡《つむ》がれる。

「どうしようもなくムカつく言葉って、誰にだってあるものよ」

第四章　ギムレット・アイ

(夢の中で見つめる子供)

「お前は絶対《ぜったい》の武器《ぶき》だ。唯一《ゆいいつ》絶対の殺人武器」

男の声が聞こえてくる。はるかな遠い記憶《きおく》から——

「それは理想だ。具現化《ぐげんか》できるものかどうかも分からない。だが我々は、それが実在《じつざい》するものと信じている。空虚《くうきょ》な理想ではなく、現実の鋼《はがね》として実在できると、信じている」

いや、それほど遠くもないのだろう。

(いつだって、幻覚《げんかく》の中で聞こえていた……)

高地の薄《うす》い空気と、刺《さ》すように眩《まぶ》しいが暖気《だんき》の感じられない陽光の中で、ミズーは独りごちた。村は思ったより大きく、そして規模のわりに静かに思えた。空気が薄くなると、音も小さくなるのだろうか？　そんなことを、感じる。

(ま、少なくとも)

酸素《さんそ》が希薄《きはく》になれば、無用におしゃべりな学者を沈黙《ちんもく》させる効果はある。だから静寂《せいじゃく》に貢献《こうけん》する。

山道のわきに寝《ね》ころんで、息を荒《あら》らげて哀《あわ》れな眼差《まなざ》しをこちらへと向けている長身の優《やさ》男《おとこ》を見下ろして、ミズーはつぶやいた。

「高地も悪くはないわね」

「そ、そうかい……？　ぼくはしゃべるのも、ええと……やっとなんだけど」

だからいいのよ——

とは声には出さず、ミズーはただ肩《かた》をすくめた。

「うああ」

アイネストが、倒《たお》れたまま頭を抱《かか》える。

「ひどい頭《ず》痛《つう》がする……君はなんともないの？」

「ええ」

「たった半日でこの道を登ってきて？」

「そうね」

うめいてミズーは、山道からふもとの方向へと視線を転じた——それほど険《けわ》しくはない山並みの隙《すき》間《ま》、遠く下《か》方《ほう》に、小さな染《し》みのような、都市が見える。そこからの道のりは、きちんとした道もあり、学者が大げさに騒《さわ》ぎ立てるほどのものでもなかった。無《む》辺《へん》とも思える広がりを見せる山の風景にもやがて飽《あ》きたものの、風と空の色の変化には、まだ目を楽しませる余地《よち》がある。肌《はだ》で感じる清涼《せいりょう》な匂《にお》いや、服の生地《きじ》に染みこむ、見えない霧《きり》の粒《つぶ》の感触《かんしょく》も、どこか心地《ここち》よい。ここはまだヌアンタット高地の入り口にも達していない。伝説の土地への階段。ほんの玄関前《げんかんまえ》だった。

「ま、つまずく奴《やつ》は、玄関前からつまずくものよね」

呆《あき》れて告《つ》げると、抗議《こうぎ》か——同意にも聞こえたが——アイネストが両手で顔を覆《おお》ったまま、うめき声をあげる。

ミズーは腰《こし》に手を当てて、ゆっくりと続けた。

「ふたつにひとつよ、アイネスト」

「どれとどれ？」

「歩くか寝てるか。わたしはこのまま行くけど」

「そろそろ休憩《きゅうけい》を入れたほうがいいと思うよ、ミズー」

弱々しく顔を上げ、アイネストが言ってくる。哀願《あいがん》するようにしなを作りながら、

「だいたい、なんでそこまで急ぐのさ？」

「……わたしはベスポルトという男に用事があるのよ。わたしと彼を会わせたくないって精霊使《せいれいつか》いが先行して、多分もう村に着いてるだろうっていうのに、のんびりしててどうするの」

「いや、それだったらもう、間に合ってないいんじゃないかな。だったら到着《とうちゃく》が何時間か遅《おく》れたって同じだよ」

「勤勉《きんべん》な人間は、時間に関して言い訳をしないの」

ふっと漏《も》れる笑いといっしょに、そうつぶやく。と、なんとか立ち上がろうと緩慢《かんまん》な動作で手足を動かすアイネストが、ぽつりとぼやくのが聞こえてきた。

「勤勉な殺し屋って、ちょっと嫌《いや》だなぁ」

「…………!?」

反射的に——学者をにらみやる。

アイネストは、きょとんとしていたが、こちらの気配は感じたらしい。驚《おどろ》いたようにまぶたを上下させ、

「あ……ええと、ごめん」

「…………」

自分の手が剣《けん》の柄《つか》にかかっていることが、我ながら滑稽《こっけい》でもあった——笑い出しそうになり、ただ身震《みぶる》いだけして感情が霧散《むさん》する。ミズーはかぶりを振《ふ》ると、高地の冷たい風の中で、意識して表情筋から力を抜《ぬ》いた。

(確かに焦《あせ》っても意味がない……)

虚《むな》しく、独《ひと》りごちる。

彼女はそのまま、静かに告げた。

「そうね。わたしも疲《つか》れてるかも」

「う、うんうん。休んだほうがいいよ。目的地に着いたところでふらふらじゃ、話にならないからね」

(……違《ちが》う)

そういったことではない。

ミズーはふもとの街から——そして見えない高地の頂《いただき》のほうをそれぞれ一瞥《いちべつ》し、つぶやいた。アイネストにではなく、自分に言い聞かせるつもりで。

「どうせ、いくら急いだところで、わたしが目的の男と会えるかどうかは、偶然《ぐうぜん》に頼《たよ》るしかない」

「……？　探してるのに、偶然？」

不思議そうに、アイネストが聞き返してきた。ミズーは苦笑すると、

「あなただって言ってたじゃない。偶然と必然《ひつぜん》は、線引きができないって」

「そりゃあそうだけど、あらゆる二元というのはね、中間がどこか分からないっていうだけで、両極《りょうきょく》がないってわけじゃないんだよ。ただの理想だとしてもね。善と悪、昼と夜、

男と女……」

いかにも学者らしく、そんなことばかりは流暢《りゅうちょう》に解説しようとする。それは確かに正論なのだろう。だが……そんな慰《なぐさ》めになんの意味がある？　理想は理想でしかない。

（意味と……無意味）

両極だけは確かにあるのかもしれない。だがそんな純粋《じゅんすい》な両極は、現世にはない。宗教家が体験するような恍惚《こうこつ》の園《その》にまで行って探すしかない。純粋な善、純粋な悪。純粋な昼、純粋な夜。純粋な男、純粋な女。純粋な意味、純粋な無意味。

純粋な人間、純粋な非人間。

ミズーは手を差し出して、学者が起きあがるのを助けると、一拍《いっぱく》おいてつぶやいた。

「アイネスト。ひとつ聞いていいかしら」

「え？　うん」

また重力に逆らわなければならないという苦痛に暗澹《あんたん》たる面持《おもも》ちを見せていた彼が、ぱっと顔を輝《かがや》かせた。なんとはなしに、気づく。

質問してもらう。そして答える。これは彼のルールなのだろう。学者である彼の、最も得意とするルール。

だがミズーは、すぐに顔をしかめた。

「いや……違うわね。あなたに聞いて欲《ほ》しいのよ」

「え？」

「もし、あなたがわたしを理解しようと思ったなら、わたしにどんな質問をする？」

「そ、れ、は……なんとも難題《なんだい》だね」

学生に無理な質問をされて困惑《こんわく》する教師そのものの表情で、アイネストはうろたえて、腕組《うでぐ》みした。脳を充血《じゅうけつ》させる酸素が足りない分を、仕草《しぐさ》で補《おぎな》おうとでもするように、たっぷりと時間をかけてから、彼はこちらを向いた。自信たっぷりに、聞いてくる。

「君はぼくが好き？」

「いいえ」

即答《そくとう》する。彼は笑って、腕を解《と》いた。

「これで終わり。ぼくに言わせれば、しょせん人は他人を理解なんてできないよ。どんな質問を何度したところで同じさ」

「そうでしょうね」

当たり前のことなのだろう。落胆《らくたん》するほどのことでもない。ミズーはあたりを見回した。道をそれて、林間にスペースでもあれば、そこでキャンプするのが良いだろう。大した荷物《にもつ》もなく、獲物《えもの》を見つける余裕《よゆう》も道具もなく、わびしい夜になりそうではあったが。

「でもさ」

だが、アイネストの話は終わってないようだった。

「だったら、そのたったひとつのことさえ分かれば、あとはまったく関係がない……そんな質問をすればいいのさ」

「………」

森に入りかけた足を止めて、ミズーは肩越《かたご》しに彼を見やった。

「もうひとつ、聞いてもいい？」

「ああ。まったく構わないよ」

胸を張ってうなずく彼に、聞く。

「今度は質問ではなくて、なぞなぞよ。それは人間そっくり。人間にしか見えない。でも人間じゃない……それはなに？」

「怪物《かいぶつ》だよ」

アイネストが即答《そくとう》してきたことは、意外ではあった。が、こちらが目を見開くことなど構わずに、彼が繰《く》り返《かえ》す。

「怪物だよ。怪物領域《かいぶつりょういき》——地図の空白部分《くうはくぶぶん》に足を踏《ふ》み入れるのなら、怪物と出会うことは覚悟《かくご》しなくちゃならない」

「……向こうのほうから、ずかずかとこちらの生活に踏み込んでくることだって、あると思わない？」

「人生の次の瞬間《しゅんかん》は、常に空白だよ」

笑いながら、アイネストが告《つ》げてくる。

と——

彼が、この問答を楽しんでいることを悟《さと》って、軽い不快感《ふかいかん》を覚えざるを得ない。それが表に出ないよう注意しながら、ミズーは会話を打ち切った。

「そうね。ありがとう」

「気をつけて、ミズー」

アイネストの笑《え》みは、こちらのなにかを見透《みす》かそうとするように、鋭《するど》く抜《ぬ》け目なく見えた——気のせいだとは分かっていたが。

「怪物は、人生の過去からも襲《おそ》いかかってくるかもしれないんだ」

「…………」

答えず、ミズーは、林の中に入っていった。

純粋《じゅんすい》な未来、純粋な過去。

その中間が定《さだ》かではないとしたら、現在が何処《どこ》なのか、分からないということになる。そんな馬鹿《ばか》なことはない。今は今だろう。それが分かっていても、確かであったはずのことを、まるで噂話《うわさばなし》のように疑《うたが》ってかからねば考えることもできない。頼《たよ》りにしていたものが、なにひとつ信用できなくなったならば。そうしなければならない。善悪も、そうだったのだろうか？　人間と、人間でないものとの区分けについても？

目を開けると、夜の闇《やみ》は静かだった。火の消えたキャンプはじっとりとした夜気《やき》に包まれている。まだこの高度には、鳴く虫がいるのかと、ミズーはマントの中で身体《からだ》を丸めながらぼんやりと考えていた。今夜も、眠《ねむ》りは浅い。

過去から聞こえてくるのは鐘《かね》の音《おと》だった。時を告げるものなのか、もっと別のものに対する警鐘《けいしょう》なのか、それは知らない。どのみち、彼女のいるその場所では、意味のないことだった。厚い壁《かべ》、そして天井《てんじょう》の窓。そこからこちらをのぞく、男の影《かげ》。

生活することに時が必要なく、心を怯《おび》えさせることも皆無《かいむ》だった。自分以外が存在しない、閉《と》ざされた世界で、なにを恐《おそ》れる必要がある？　ベッドの横の壁に立てかけられた、剣《けん》。自分自身が隠《かく》れられるほど大きな箱には、剣のほかに、様々《さまざま》な武器《ぶき》がしまいこんである。広いがせまい、閉ざされた塔《とう》の中。床《ゆか》に腰《こし》をおろし、膝《ひざ》に、金属のレリーフを抱《だ》いている。その装飾品《そうしょくひん》に細工《さいく》された獅子《しし》の顔は、鐘の音と同じく、なにを意味しているのか分からない遠い囁《ささや》きのようなものだった。

遠い声。

心の声。

ハート・オブ・レッドライオン。

不安も、不満も、なにも浮《う》かんでこないその塔の中にいれば、彼女に考えることができるのはすべて、男たちの望んだ、ただひとつのことだけだった。それは恐らく、彼らの狙《ねら》い通《どお》りのことだったのだろう——彼らの鍛《きた》える純然《じゅんぜん》たる理想に向かって、思索《しさく》は常にその一方向へと純化《じゅんか》されていなければならない。

……結晶化《けっしょうか》するように。

人の気配《けはい》がすれば、その背格好《せかっこう》、敵の意図《いと》、そして急所《きゅうしょ》の位置《いち》が思い浮かぶ。

人の声がすれば、その背格好、会話の内容、そして急所の位置が思い浮かぶ。

人の姿が見えれば、その急所の位置は、あらわになる。

「ミズー。出ろ」

それは何年前のことだったのか……

本当に過去のことだったのか。過去とは、いつから過去と呼んでも構わないものなのか。

少なくとも夢にそれを見て、自らが寝汗《ねあせ》をかいて喘《あえ》ぎながらも目覚めることができないのならば、それは夢ではなく現実であり、過去ではなく現在としか思えない。

「お前では駄目《だめ》だった。次の子供を探す」

それが一番最初の獣《けもの》の覚醒《かくせい》――

過去か未来かは分からないとしても、獣の瞬間《しゅんかん》が、その時から始まったことだけは、確かなことだった。


「……彼女が……人であって人でないもの……になったのが……その時」

アイネスト・マッジオは、口の中でつぶやきながら、目を開いた。

夜の山中。木々の屋根《やね》に遮《さえぎ》られ、月の明かりもなく、暗い。

精霊《せいれい》の地であるこのヌアンタット高地には、そのかわり――と言うべきか――危険なほどの猛獣《もうじゅう》は極端《きょくたん》に少ない。彼女があっさりと火を消した時には肝《きも》を潰《つぶ》したが、実際に半刻《はんとき》ほど落ち着いてみると、その山があまりに静かであることが実感《じっかん》できた。人にとって、安全であり、そして危険な森。

暗闇《くらやみ》とはいえ、見えないことはない。ミズーが寝ていたはずの場所が、もぬけのからになっていることはすぐに知れた。特に騒《さわ》ぐ気にはならず――寝た姿勢のままで、彼は緩《ゆる》や

かにつぶやいた。指でほおをかきながら、

「ひとりで行ってしまった……か。夢をのぞいてたことがばれたかな？」

いや、違《ちが》うだろう。

思い直して、微笑《ほほえ》む。

「焦《あせ》っても同じことなんだよ、ミズー・ビアンカ」

彼は再び目を閉じた。今、起きて彼女を闇雲《やみくも》に探し回るか追いかけるかしたところで、見つけることはできないだろう。

「それは、君にも言えることだ……君が求めているものにも、ね」

木々の隙間《すきま》からのぞく月に向かって、彼は小さく独《ひと》りごちた。


「ベスポルト？　ああ、あの医者か？」

村に入り、ようやく見つけることのできた最初の村人は、間延《まの》びした声でそう言ってきた——

「人付き合いの悪い……まあ、変人だよ。子供を」

と、なにか嫌《いや》なことでも思い出したように目をそらして、続ける。

「子供をひとり、飼《か》ってる。なにを仕込《しこ》んでるんだかは知らないがね」

「この村にいるのね？」

ミズーはそれだけを念押《ねんお》しすると、村の中を眺《なが》めやった。ハンターの基地《きち》になっていたのであれば、昔はそれなりに潤《うるお》っていたはずだ——が、見た限り、その面影《おもかげ》は残っていなかった。広いだけでなにもない。家畜《かちく》などはどこかにまとめられているのかもしれないが、どこまでも生活感のない村だった。

長話をするつもりはないという意思表示だろう。その村人は、からの水タンクを抱《かか》えたまま、嫌《いや》そうに鼻の頭にしわを寄せた。

「ああ。外れに小屋を建てて住み着いてる。医者だとかいう話だが、よく森に出入りしているようだな」

「森」

硝化《しょうか》の森《もり》のことだろう。村人はこれが最後とばかり、完全に横を向いて歩き出した。

「精霊《せいれい》を狩《か》ってるらしい。あんな危険《きけん》なものを……ご苦労《くろう》なこった」

「…………」

引き留めずにミズーは、その村人を見送った。村外れといって、どこの外れのことなのだかは聞き出せなかったが、聞いても無駄《むだ》だろう。

（よほど嫌《きら》われてるみたいね……ベスポルト・シックルドは）

医者と名乗っているということは、過去を嫌って経歴《けいれき》を偽《いつわ》っているのだろう。軍務《ぐんむ》経験《けいけん》があれば、応急《おうきゅう》程度《ていど》の治療《ちりょう》心得《こころえ》があってもおかしくはない。どのみち、こんな辺境《へんきょう》では、帝都《ていと》での軍務経験を持ちだしたところで煙《けむ》たがられるだけなのだから、詐称《さしょう》はそれほど奇《き》異《い》なことでもないが。

しかし……

(子供を飼ってる?)

奇妙《きみょう》な言い方だ。

ミズーは考えながら、もう姿が見えない村人の、あからさまな嫌悪《けんお》の表情を思い浮《う》かべた。

(子供を引き取って育てている……ってこと?)

──お前では駄目《だめ》だった。次の子供を探す。

記憶《きおく》の中にある声が耳に蘇《よみがえ》り、顔をしかめる。まだ見ぬベスポルト・シックルドの顔が、その男の影《かげ》に重なったような気がして、彼女はその妄想《もうそう》を振《ふ》り払《はら》った。まったく関係のないことだ。

(……宿を確保《かくほ》したほうがいいかしらね)

思い直すように、つぶやく。ただの村ならば、宿など期待できないが、ハンターの集まっていた村ならば、まだ経営している基地もあるだろう。

村を歩くが、やはりひとけがない。いや、人の気配《けはい》は感じないでもない――ただ、家から出る、あるいは単に、旅人を珍《めずら》しがって窓からのぞくことすらしようとしていない。

特に歓迎《かんげい》を期待していたわけではなかった。冷遇《れいぐう》、放逐《ほうちく》ならば警戒《けいかい》していたかもしれない。だが、まったくの無視というのは想像しにくいことではあった。

なにか理由があるのか、ないのか。

ミズーはそのまま、歩を進めた。あるのならば、いずれ分かるだろう。

高地の風は乾《かわ》いているような、湿《しめ》っているような、奇妙《きみよう》な冷たさを運びながら吹《ふ》き去っていく。凍《こご》えるような寒さとは違《ちが》うが、自然と声をひそめたくなる、そんな気温だった。

空は低く、白い。

意識までも白くかすれさせる。

硝化の森までは、一日の距離《きょり》というところだろう。道らしい道がないため、ふもととの行き来よりむしろ困難《こんなん》かもしれない。精霊業者《せいれいぎょうしゃ》との話を思い出しながら、ミズーは胸の中で計算した。装備《そうび》なしでは硝化の森には近づけない。ベスポルトが森に行っているのならば、帰ってくるのを待つしかない。何日ほど森に入っているのだろう？　硝化の森は危険な場所だ――が、彼が無事に帰ってくるのは間違いない。彼女は、苛立《いらだ》たしく思いながら確信していた。自分と同じはずだ。

(あらゆる偶然が彼を守る)

と。

彼女は足を止めた。宿など、いつでもいい。

「……ベスポルトが、いないのなら」

思い直して、村の外れへ——硝化の森に近いほうの外れへと進み出す。ただの勘《かん》だが、そちらの方角なのではないかと感じた。


そこがベスポルトの小屋であることは、特に疑いないように思えた。いかにも手作りと分かる、粗末《そまつ》な建物。角張《かくば》ったぞんざいな造《つく》りで、まともな角度《かくど》すら保《たも》っていないようではあった。それほど古くもないようだが、この村にあるどの建物よりも古びて見える。玄《げん》関《かん》には、診療所《しんりょうじょ》と看板《かんばん》がかかっていたが、利用者がいるかいないかは聞かずとも知れた。

裏には井戸《いど》もある——こんな高地では貴重な井戸だろう。なんとはなしに近づいて、洗《せん》濯物《たくもの》かごらしい容器の蓋《ふた》を開けると、中はからだった。

小屋には、屋根の上に後から付け足したものか、もうひとつ小屋が載《の》っている。入ればすべて土台《どだい》ごと崩《くず》れそうな代物《しろもの》だが、梯子《はしご》には足跡《あしあと》も残っており、よく使われているらしい。鍵《かぎ》がかかっていないため、跳《は》ね上《あ》げ扉《とびら》を押《お》しのけてのぞき込んでみると、短い通路になっていた。奥《おく》に扉がある。恐《おそ》る恐る梯子を登り、きわどい軋《きし》み音《おと》を立てる床《ゆか》を警戒《けいかい》しつつ扉を開けてみると、中は部屋になっていた。せまい。寝台《しんだい》と小さな机だけで、あとは人がひとりうずくまるスペースしかないような代物だが、壁《かべ》には鏡がはめ込んであった。鏡の下のチェストには、丁寧《ていねい》に折り畳《たた》まれた服が入っている。

サイズは、子供のものだった。

「…………？」

と、服の上に、妙《みょう》なものを見つけて、怪訝《けげん》につぶやく。

「眼帯《がんたい》？」

子供服とは不釣《ふつ》り合《あ》いに思える。が、気にするほどのものでもない。ミズーはそのまま後ろ向きに——方向転換《ほうこうてんかん》できるだけの隙間《すきま》がなかった——通路をもどると、梯子から外に降りた。改めて小屋を回り込み、表玄関に出る。

村外れというだけあって、人の目はないようだった。もとよりひとけのない村ではあったが、ここにはむしろ、悪意すら含《ふく》んだ無関心をも感じる。扉には、鍵がかかっている。単純だが頑丈《がんじょう》な代物《しろもの》で、扉か鍵のどちらかを壊《こわ》さずに入ることはできそうにない。ミズーはしばらく悩《なや》んでから、軽く息をついた。

ポーチの中から、細い鉤状《かぎじょう》のピンを数本取り出す。恨《うら》みがましくそれを眺《なが》め回してから、彼女は独りごちた。

「今日くらいは、幸運の加護《かご》があってもいいわよね」

頼《たの》むような心地《ここち》で、ピンを二本重ねて錠《じょう》の穴に差し込んでみる。

一定の動作で、奥《おく》を探《さぐ》る。あとは運試《うんだめ》しだった。一分……二分が経過して、突然《とつぜん》、手元に手応《てごた》えを感じる。小さな音を立てて、鍵が弾《はじ》けた。重い、金属の錠前《じょうまえ》が足下《あしもと》に落ちる。

ミズーは口笛《くちぶえ》を吹《ふ》いて、ピンをしまい込んだ。錠前を拾い上げ、微笑《びしょう》する。

扉を開けると、そこは応接間か——食堂か。なんにでも見える曖昧《あいまい》なテーブルと椅子《いす》の部屋になっていた。入り込んで、後ろ手に扉を閉める。傾《かたむ》きかけた小屋に、明らかに傾いたテーブル。棚《たな》に食器が並んでいたが、それほどの数はない。二人分ということか。炊事《すいじ》場《ば》といえるほどの設備《せつび》は無論なく、調理《ちょうり》は井戸端《いどばた》でもするのだろう。特に興味を引かれるようなものは見あたらなかった。奥にもうひとつ、部屋がある。

そちらをのぞくと、やはり寝台と書棚《しょだな》だけが詰《つ》め込まれた、せまい寝室になっていた。こちらは、上の部屋とは違《ちが》ってまだしもスペースがある。間違いない。ベスポルトの寝室だろう。

（さて……）

入り込み、とりあえず書棚を見やる。そこにベスポルトの日記があり、知りたいことがすべて記《しる》してある——などと馬鹿《ばか》げた都合の良いことを期待していたわけではなかったが、それでも並んでいたのはいかにもつまらないタイトルばかりだった。ここ近隣《きんりん》の地図帳《ちずちょう》と、精霊に関する基礎的《きそてき》な書籍《しょせき》が数点。彼の趣味《しゅみ》か、他愛《たあい》もない小説の類《たぐい》も入っている。

運試しを続けるつもりで、ミズーは書棚の精霊書を一冊抜《ぬ》き出した。付箋《ふせん》の類《たぐい》がついていないことを確認《かくにん》してから、開いてみる。手書きの書き込みなどがないか、手早くページをめくってみるが、拍子抜《ひょうしぬ》けするほどになにもない。また別の本をのぞいてみても同じだった。

寝台を見ても、なにもない。剣《けん》を突《つ》き刺《さ》して確認したくなるほどの厚いクッションが敷《し》き詰められているわけでもなく、板にシーツを巻いただけの代物《しろもの》である。

（なにもない……か）

それほど期待していたわけではなかったが、それでも落胆《らくたん》を覚えて、ミズーはうめいた。

（となると、いよいよ彼の帰りを待つしかないわけね）

無駄足《むだあし》だった。

いや……

彼女はふと思いつき、書棚の一番端《はし》にあった小説本を取りだした。余白の多いページを探して破り取ると、本だけ書棚にもどし、部屋の中を見回す。ペンとインクは、ベッドの頭にしまい込んであった。それを借りて、紙に数行、書き付ける。

『ベスポルト・シックルド打撃騎士《だげききし》。

わたしはミズー・ビアンカ。契約者《けいやくしゃ》。この村に来ている。

契約と、未知《みち》の精霊《せいれい》について問いたいことあり』

未知の精霊――と記《しる》した際、筆先がわずかに震《ふる》え、文字がいびつになった。

ふ、と苦笑して、その書き置きをベッドの上に置く。

その時になって気づく。

そのページには一行だけ、章の最後の文が残っていた。さほど気に留めていなかったが、読み上げると、皮肉に顔を歪《ゆが》めるしかない。

――『わたしは苦しんでいるのです』――

ミズーはその行に線を上書きして消すと、ペンとインクをもとの場所にもどして、小屋を出た。鍵《かぎ》をかけ直し、そのまま早足に立ち去る。

逃《に》げるわけではない。彼女は自分に言い聞かせながら、今度こそ宿を探しはじめた。

探してみれば、それはすぐに見つかる場所にあった。先ほどの掘《ほ》っ建て小屋と比べれば、どんな宿とてそれなりのものには見える。ハンター基地の基本と言うべきか、ご多分に漏《も》れず地階《ちかい》に酒場の看板《かんばん》を立てたその宿は、静まりかえった村に相応《ふさわ》しく、窓の奥《おく》も暗く陰《かげ》って、高地の清浄《せいじょう》な風に、こもった空気を混ぜていた。

扉《とびら》を開ける。店に客の姿はなかったが、床《ゆか》をモップがけしている冴《さ》えない男が、驚《おどろ》いたようにこちらへと顔を向けた。

「あん？」

それは、客など来るはずがないと思いこんでいた店主の声——だとすれば、ぴったり相《そう》応《おう》だった。

「サエリか？　しゃあねぇな、どうした、またカミさんに追い出され——」

こちらを向いても、見てはいなかったのだろう。馴染《なじ》みの名前を口走り、そしてようやく気づいて、ぽかんと口を開けてみせる。

ミズーは構わずにつぶやいた。

「人を捜《さが》しているのだけど」

「……えーと」

男は、いまだ信じる気になれないのか、たるんだ顔をさらに弛緩《しかん》させていたが、やがて遅蒔《おそま》きに聞き返してきた。

「誰《だれ》を？」

「ベスポルトという男よ」

「……ああ」

反応は、予想通りのものだった。先刻の村人と同じ。その名前を聞いただけでわけありと判断したのか、それ以上は聞いてこない。いや、ただ単にそれが悪魔《あくま》の名前であって、唱《とな》えると不幸が襲《おそ》いかかってくると信じているのかもしれないが。

「奴《やつ》は森に行ってる。しばらくは出てこないよ。部屋を使うかい？」

「そのつもりよ」

「どの部屋も空いてる。適当に探してくれ」

店主は曖昧《あいまい》に階段を示すと、またモップがけにもどっていった。

(つまりは、これでサービスは終わりってことね)

ミズーはマントの下で肩《かた》をすくめると、言われた通りに階段を登っていった。

部屋は悪くないようだった。使われなくなってだいぶ経《た》つようにも見えるが、それなりに手入れされている。マントと剣帯《けんたい》、装備《そうび》を外し、テーブルの上に置くと、彼女はそのまま、身体をベッドに投げ込んだ。見かけほどには良いスプリングの入っていないベッドではあったが、ここしばらく地面で寝《ね》ていたことを思えば、悪くはない。鼻先まで漂《ただよ》ってきた睡魔《すいま》にあくびをかみ殺して、彼女は目を閉じた。

とりあえずは、順調《じゅんちょう》だと言えるのだろう。

うまくいっている、という意味ではないが。とりあえず、ほかにできることがないのだから、満足するしかない。ここに数泊《すうはく》していれば、いずれベスポルトに会えるだろう。あの書き置きを見て、向こうからこちらに接触《せっしょく》してくるかどうかは分からないが、彼が森から帰ってくればそれはすぐに分かるはずだ。せまくはないが、閉《と》ざされた村のことなのだから。そのために、村の中で噂《うわさ》になるよう、自分がベスポルトを探しにきたと触《ふ》れ回った。ベスポルトが嫌《きら》われているのならばなおさら、話題にはなるはずだ。できることはした。あとは待てばいい。

どういった結果が出るのかは分からないが、あとは待てばいい。

疲《つか》れた身体に、彼女は眠《ねむ》ることを命じた。

程《ほど》なくして、鐘《かね》の音《おと》が聞こえてくる。これはいつもと変わらない。夢の中では、いつも鐘が鳴っている。

ただ違《ちが》うのは、それがいつもより大きく鳴り響《ひび》いているということ——

鐘が強く、恐怖心《きょうふしん》を刺激《しげき》する。あまりにも鐘の音が大きいから。

（ああ、そうか……）

夢うつつに、彼女は理解した。

それは一番最初の記憶《きおく》だった。


見上げると、その空は赤く波打ち、不気味《ぶきみ》なうなりをあげていた。それがただの雲であり、変哲《へんてつ》ない夕日であったことは、当時の彼女にも分かることだった。が、それがそう見えなかったのは、うねるように変化する赤い空と、威嚇《いかく》の声をあげる轟《とどろ》くような風、そして鐘の音のせいだった。

それは地面を揺《ゆ》るがすほどに鳴り響いていた。鐘がどこにあるのかは分からなかった。空の上にあるのだろうと漠然《ばくぜん》とした不安を抱《いだ》いたのを覚えている。あの赤い空の上には巨《きょ》大《だい》な鐘があり、いつか落ちてくる。鐘の音は、その警告《けいこく》に違いない。

彼女は、男たちに取り囲まれるようにして、彼らが下をのぞき込む、その無数の顔の隙《すき》間《ま》から空を見上げていた。男たちは巨大で、とにかく大勢いる。それが、自分と、もうひとりをここに連れてきた。

どこから連れてこられたのだろう。

今、夢想《むそう》することはある。それ以前には、自分はどこにいたのだろう？　が、思い出せたことはない。最も古い記憶はそこで終わり、それより過去は唐突《とうとつ》に曖昧《あいまい》に、その赤い空の濁《にご》った模様《もよう》のように混沌《こんとん》として定かではない。

首が疲れて、彼女は横を向く。そこには自分がもうひとりいる。自分と同じ顔で、同じ眼差《まなざ》しで、同じく表情のないのっぺりした面持《おもも》ちで、こちらを見ている。鏡ではない。鏡ほどには似ていない。それがいたおかげで、自分がどんな顔をしていたのか、今でも分かる。

もうひとりの自分——アストラが、こちらに手を差し出した。男たちからは見えないように、こっそりと。

それを握《にぎ》る。恐《おそ》らく大丈夫《だいじょうぶ》だと、そう思う。赤い空の下でも……その上に浮《う》かぶ鐘が落ちてこようとも……男たちが微動《びどう》だにせず、ただ自分たちを見ていても。大丈夫。いっしょにいれば大丈夫。

「優《すぐ》れた念糸使いの子供はね、大金で取引されることがある。たいていは、帝都《ていと》に引き取られる……軍属精霊使《ぐんぞくせいれいつか》いや、黒衣《こくい》の候補《こうほ》としてね。でも、そういった子供を欲《ほ》しがるのは、なにも国家だけじゃない」

聞き覚えのある声が、今さらつまらない解説を付け加える。

なんとはなしに、金髪《きんぱつ》の優男面《やさおとこづら》した青年が思い浮《う》かぶが、過去の自分は彼を知らない。

男たちの影《かげ》の中に、それは消える。

「ミズー。その子は誰だい？　君と同じ顔をした……その子は」

　姿は消えたのに、声だけは聞こえてきた。

　まるで、その声に夢を、思い出を誘導《ゆうどう》されているような奇妙《きみょう》な気分に冒《おか》されながら、それでも思い浮かべる。

　もうひとりの自分。アストラ。生まれてからずっといっしょだった。その赤い空を見上げた時以前の記憶《きおく》はないのだが、それだけは確かだった。母親の胎内《たいない》で抱《だ》き合って育ってきた。姉？　よく分からない。産婆《さんば》がもうろくしており、どちらを先に取り上げたのか、分からなくなってしまったとも聞いたことがある。

　どちらでもいいのだろう。たいした意味ではない。

　赤い空が見下ろしてきている。その混沌《こんとん》の色のように、世界は意味と無意味を生産している。

　男たちが、いっせいに口を開いた。

　その口の中は、赤い空と同じ色。

　舌と唾液《だえき》と混沌が、そこにあり、そして吐《は》き出される。

　その言葉は、はっきりと覚えていた。父母の顔も思い出せないというのに、その言葉だけは。

「お前たちは」

男たちの口に赤い空があるのなら、やはりその上にも鐘《かね》が鳴り響《ひび》いているのだろう。大きな鐘の音が、言葉となって降り注いでくる。鐘が落ちてくる。

「我々によって鍛《きた》え上《あ》げられる……武器となる。この世にふたつとない、理想の武器となる」

奇妙《きみょう》には思ったのだ。聞き返すことはできなかったが。

この世にふたつとない武器となるのなら――

どうして、わたしたちはふたりいるの？


「ミズー……ミズー！」

揺《ゆ》り動かされ、目を開ける。

あのまま寝入《ねい》ってしまったらしい――窓の外はもうすっかり暗く、部屋の中もわずかな星明かりのほかは影《かげ》があるだけだった。そのことは特に、驚《おどろ》くようなことではないが。

寝ている自分の肩《かた》をつかんでいる男を、時間をかけてにらみつけ、ミズーは半身《はんしん》を起こした。アイネストが、軽薄《けいはく》な瞳《ひとみ》にさらに薄《うす》っぺらい喜びをたたえて声をあげる。

「ミズー。良かった。ぜひ、話しておかなくちゃならないことがあるんだ……」

「これはなに。夢の続き？」

「え？　ぼくの夢を見てくれてたの？」

「そうじゃなくて——あなたなんか出てこなかったわよ」

ミズーは彼の手を振《ふ》り払《はら》うと、乱れた髪《かみ》を指でかき混ぜた。まだ意識がはっきりとしない。

「なにがどうなってるの？　どうして突然《とつぜん》、あなたがここにいるのよ。わけが分からない」

「どうしてもなにも、急いで追いかけてきたんだよ」

「どうやってここに入ったの！」

「もっと警備を厳重《げんじゅう》にする必要があるね、この宿は」

「………………！」

憤懣《ふんまん》やるかたなく——声にならない叫《さけ》びを発して、ミズーはとりあえず、ベッドの腹を拳《こぶし》で一撃《いちげき》した。

「今度から！」

一瞬、危険を察《さっ》したのか、逃《に》げようと身体を退《ひ》いたアイネストの胸《むな》ぐらを、片手で捕《つか》まえる。学者の顔を引きつけて、ミズーは押《お》し殺した怒声《どせい》をあげた。

「勝手にわたしの寝室《しんしつ》に入ってきたら、指を一本ずつ切り落とすわよ」

「じゃあ、十回は入れるんだ」

「そうね。十一回目には首を落としてあげるから、そうしてちょうだい」

と、突《つ》き放す。彼はバランスを崩《くず》して、そのまま尻餅《しりもち》をついた。そのままの姿勢《しせい》で、

「いや、ちょっと待ってよミズー。ぼくは、君に伝えなくちゃならないことがあって、ホントに急いできたんだってば……」

「伝えたいこと？」

念のため、許《ゆる》す気《き》はないことを視線で告げながら、一応は聞き返す。

アイネストは物々《ものもの》しく声をひそめ、言ってきた。

「あのね、君がいなくなってから、山道で、とんでもないものを見たんだ」

「なに？　金色のかぶと虫？」

「いやそれも見たい気はするけど、もっとややこしいものだよ……この前、ほら、街で襲《おそ》いかかってきた。黒ずくめの」

彼の言葉に、ミズーはすぐに反応した。

「黒衣《こくい》？」

「ああ、そう。それだよ。それが五人も、警衛兵《けいえいへい》に連れられて、山を登ってたんだ。この村に向かってね。これは君が危険だと思って、ぼくは彼らを先回りして」

「ちょっと待って」

ミズーは、ふと眉間《みけん》にしわを寄せて彼を遮《さえぎ》った。聞き返す。

「黒衣が五人も？」

「うん」

「で、あなたはそれを見て、彼らより早く、ここに来た？」

「そうだよ」

「……それを信じろっていうの？」

「彼ら意外と足が遅《おそ》かったよ」

アイネストは、あっさりとうなずいてみせた――

「でも、明日には、この村に着くんじゃないかな」

「黒衣が五人も、こんな辺境になにをしに来るのよ」

「あー、それはやっぱり、君を追ってきたんじゃないかな。ほら、君は犯罪者――いや、ええと、その、追われる身であるからして」

「………………」

考えられることではない。

ミズーは即座《そくざ》に、そう判断した。あり得ない。帝都《ていと》の誇《ほこ》る最強の念術能力者による、処《しょ》刑部隊《けいぶたい》。それが黒衣だ。しかしその職務《しょくむ》はあくまで、帝都の治安維持《ちあんいじ》である。帝《てい》は本気で、帝都のことしか考えてはいない——たかだか殺し屋をひとり始末《しまつ》するために、黒衣が帝都の外に派遣《はけん》されること自体が異常事態だというのに、しかも五人も？

なにかの間違いでそのうちのひとりでも死んだならば、国家の痛手《いたで》なのだ。

（絶対に……もっと他の理由があるはず）

国家にとってもっと重大ななにかが。

あの少女、鋼精霊《こうせいれい》を従える精霊使いの少女が言っていたことを思い出す。世界を、救う。

そんなどうとでもとれる話で、黒衣が動くとも考えにくい。

（まさかね）

「どうする？」

まだどこか緊張感《きんちょうかん》の抜《ぬ》けた調子で聞いてくるアイネストに、ミズーは嘆息《たんそく》混じりに答えてやった。

「逃《に》げるのよ。当たり前でしょ」

それを狙《ねら》っていたように、扉《とびら》がノックされた。

やつあたりだとは分かっていたが、アイネストをにらみつける。彼はそそくさと、扉の陰《かげ》——扉が開いても見つけられない位置へと逃げていった。来たのが宿の主人であれば、そうしたほうが無難なのは間違《まちが》いないが。

ミズーは、自分でもじれったくなるほど慎重《しんちょう》に、ドアの取っ手を右にひねった。なにかの自然力でも働いているかのように、なにもせずに扉が開く。四分の一ほど空間に隙間《すきま》ができたところで、彼女は硬直《こうちょく》した。誰に対してというわけではないが、はらわたが煮《に》えくりかえるのを冷静に自覚する。

「あのう、夜分《やぶん》すみません」

その若い警衛兵は、頭を下げながら愛想《あいそ》のいい声で言ってきた。

「こんな時間に頼《たの》み事をするのはちょっと……その、常識がないとは思ったんですが。でもどうしても、必要なことで」

「……そうですか」

声を押《お》し殺し——応じる。視線を動かすことすらできないが、胸中で愚《おろ》かな学者を罵《のの》りながら、その怨念《おんねん》だけでもとどけと祈《いの》る。

警衛兵は、こちらの声の調子を、怒《いか》りと解釈《かいしゃく》したのだろう。当然だが。多少卑屈《ひくつ》に笑いながら、あとを続けてきた。

「実は、我々、下の街から公務《こうむ》で派遣《はけん》されてきた者です……国家の治安に関《かか》わる重大なことで。それで、かなりの大人数なのですが」

思わずミズーは、彼の背後を警戒《けいかい》した――アイネストの言葉を信じれば、恐《おそ》らく案内役であろうこの警衛兵のほかに、黒衣が五人いるということになる。顔を合わせれば終わりだった。この警衛兵はともかく、黒衣ならば手配書《てはいしょ》の似顔絵《にがおえ》を完全に暗記しているに違《ちが》いない。

が、とりあえず、黒衣の姿はそこになかった。

彼は左右を示してから、

「部屋を借りたんですけれど、一部屋に全員入ることはできなくて。で、できれば続き部屋であるほうが――その、公務で騒《さわ》がしくすることもあるかもしれませんし。この部屋、三部屋の真ん中でしょう？　部屋を替《か》わっていただけると」

「すみませんけれど、ここが気に入ってるんです」

「え？　あ――」

「おやすみなさい」

文字通り有無《うむ》を言わさず、扉《とびら》を閉める。

しばらく、警衛兵がしつこく食い下がってくることを警戒《けいかい》して身構えながら、じっと待つ。が、警衛兵はすぐにあきらめたようで、去っていく足音が聞こえてきた。長く――長く肺から空気を絞《しぼ》り出し、そして、むしるように、学者の胸《むな》ぐらをつかみ上げる。

「もう来てるじゃないの！」

「彼ら、意外と足が遅《おそ》いけど、思ったより早かったね」

「危《あや》うく鉢合《はちあ》わせするところだったわ」

「結果良ければ――」

「良くないわよ。閉じこめられた！」

アイネストの身体を放《ほう》り捨て、ミズーは部屋を横切って窓枠《まどわく》に近寄ると、力任せにカーテンを引っぱった。外界から閉ざされ、さらに闇《やみ》を深めた部屋の中に向き直り、学者の姿を探す。

彼はぐったりと、床《ゆか》に座《すわ》り込んでいた。

「どうするんだい？　これから」

「どうもこうもないわよ。迂闊《うかつ》に出られないわ。アイネスト」

呼びかけて、思考をめぐらせる。必死になったところで、なにが思い浮《う》かぶというわけでもなかったが。

「アイネスト。この前と同じ手を使いなさい。明日の朝でいいから、あなたは下の主人に、わたしたちが夫婦《ふうふ》で、あなたが後から合流したと説明して宿代を払《はら》ってくるの」

「……なんで？」

「そうすれば明日から、扉がノックされてもあなたが顔を出せばいいでしょ。食事もここに運んでもらうよう頼《たの》んで。なにか変化《へんか》があるまで、ここに隠《かく》れるわよ」

「変化？」

「黒衣《こくい》だって目的があって来たはずよ。それを達するためには、いつまでもここにいるってわけじゃないでしょ」

その場で考えて、告げる。

が、学者は憎《にく》たらしいほどのんきに正論を言ってきた。

「彼らの目的が、君だったら？」

「あきらめるまで隠れるのよ」

「そう長くは保《も》たないと思うけど」

「分かってるわよそんなこと！」

鋭《するど》く囁《ささや》いてから――

ミズーは、胸をなでつけて意気を下げた。落ち着いて、言い直す。

「……ベスポルトが村にもどってきたら、動かざるを得ないわね。早いうちに接触《せっしょく》しないと、あの精霊使《せいれいつか》いの娘《むすめ》が余計な横やりを入れてくるかも。いえ、もう既《すで》に入ってるかもね」

「それはそれとして」

彼が、腑《ふ》に落ちない表情でつぶやくのが聞こえてきた。

「さんざん邪険《じゃけん》にしておいて、こんな時はぼくに手助けしろっていうのは――ああいや、なんでもない。ごめんなさい」

にらむと黙《だま》り込む。が、

「でも……これくらいは聞いてもいいかな、ミズー」

「なに？」

同じようににらみやるが、今度はアイネストは気にせず続けてきた。

「そもそも……そのベスポルトっていう男に会わなくちゃならない理由ってなんだい？よくは分からないけれど、黒衣やら、世界を救うがどうのこうのなんて真顔で言い出す女の子まで出てきて。ただごとじゃないよ、傍目《はため》にもさ」

「…………」

答える必要はない――

ミズーは、皮肉に顔を歪《ゆが》めた。答える必要などないのだ。あの怪我《けが》をして宿を出た時も、答えなければならない理由はひとつもなかった。だが、言わずにはいられなかった。その理由も、見当がついていないわけではない。ただ、認めるのは嫌《いや》だった。

唇《くちびる》を開く。

「答える必要はないわ」

「そうだね」

アイネストは、驚《おどろ》きも、落胆《らくたん》も、なにを見せるでもなく、ただ当たり前のようにそうつぶやいてきた。

「じゃあさ、なんていうかこれからしばらく、ふたりきりでここで生活するわけだし……一日か何日か知らないけど。とにかく、退屈《たいくつ》しのぎの方法を考えよう」

気楽に話す彼の声を聞きながら、ミズーは耳の奥《おく》に痛みを覚えた。なにかが聞こえてくる。遠く、大きい。鐘《かね》の音《おと》。

(そう……これは当たり前のこと。言う必要なんかない。それが当たり前……)

「そうだな。ぼくの思い出話なんてどうかな。記録があってね。同期生のキャンプで、四日間話し続けたことがある。退屈はしないと思うな――」

(話したところで意味がない。話す意味なんてない。でも)

「ちなみに三人倒《たお》れたよ。体力がないんだな。ひとり、塩をなめながら頑張《がんば》った奴《やつ》がいてね。でも四日目の朝、隣《となり》の奴に針で刺《さ》されても無反応《むはんのう》だったから、話は聞けてなかったんじゃないかな。それで」

彼の声は聞こえない。口を動かす姿が見えるだけ。聞こえてくるのは鐘の音。それだけが遠く重く響《ひび》き渡《わた》る。

「そもそも、ぼくの話が三日目の十八時間目からの一時間、円周率《えんしゅうりつ》の暗唱《あんしょう》に切り替《か》わってたことに気づいていたのは、わずかに——」

「わたしはね」

ミズーがつぶやくと。

アイネストが、ぴたりと声を止めた。目をきょとんとさせて、指を一本立てた姿勢で固まっている。

鐘の音も消えていた。今、その鐘の音を聞いているのは、アイネストかもしれない。そんなことを思う。ミズーは彼の前まで行くと、その場に座《すわ》り込んだ。

「わたしにはね……姉がいたの」

「姉？」

「双子《ふたご》の姉よ。何年も前に生き別れた」

彼の眼差《まなざ》しには、変化はなかった。どうということもない口調で、聞き返してくる。

「何年前？」

「え？」

「正確には、何年前の話なんだい？」

彼が聞いてくる理由が思いつかずに、ミズーは意識に空白をはさんだ。ぼんやりと、うめく。

「なんで、そんなことを聞くの？」

「いや、職業病かな……曖昧《あいまい》なところが気にかかるんだ。特に、日時とかそういったものはね」

「…………」

ミズーは指折り数えて、彼に告げた。

「八年前、かしら。確かそのくらいだったと思うけど」

「ふうん」

聞いておいて、気のない返事を返してくる。そんなものだろう——特に気に留めず、ミズーは続けた。

「わたしたちを……世話していた連中が、彼女をどこかに連れて行った。それがどこかは分からないけれど。当時は、わたしも子供だったし、病気がちで——」

と、言葉を切る。鐘の音がまた聞こえた。たった一回、今度はかすれるように小さくだが。

鐘の音は、脳に痛みを走らせる。決して慣れない偏頭痛《へんずつう》を、それでも無難に切り抜《ぬ》けるには、無視するしかない。途切《とぎ》れた言葉を、もう忘れている。ミズーは苛立《いらだ》たしく思いながら、言いかけていた単語を探し出した。咳払《せきばら》いして、

「幻覚《げんかく》を……見ることが多かった。今でも、昔のことはあやふやにしか思い出せないし。でも、いくつかはっきりと覚えていることがあって、そのうちのひとつが、姉のことなのよ」

「君は、そのお姉さんを捜《さが》している？」

素直《すなお》に、アイネストがそう思うのも当然だろう。そもそも、自分はなにを話そうとしているのだ？――結論が自分にも分からない。彼女は小さく、かぶりを振《ふ》った。

「違《ちが》うわ。実を言えば、もう彼女のことを考える時間も、すっかりなくなってた。わたしも、自分のことで手一杯《ていっぱい》だったしね。つい最近になって、姉が……アストラが、死んだと聞かされた」

「誰から？」

また奇妙《きみょう》と思える部分に、学者はこだわった。視線だけで問い返すと、彼は特に気負っ

たところも見せず、単に好奇心《こうきしん》だけがのぞく薄《うす》い色の瞳《ひとみ》を輝《かがや》かせている。

逡巡《しゅんじゅん》し、決断する。それほどのことでもないが。ミズーは今度は大きく、かぶりを振った。

「……姉と……契約《けいやく》したという、男から」

「契約」

自分は、彼の瞳を見つめている。

なんとはなしに、違和感《いわかん》も覚えなくはない。どうして、この学者の目から、視線をそらすことができないのか。

まるで、暗示でもかけられているように。

(どういう……こと……?)

話し始めたのは自分だ。それは分かっていた。話す必要のないことだとは分かっていたが、話したかった。隠《かく》しておくことは楽だ。が、苦しいことでもある。それは分かっていた。

が、今はなにかが違う。

彼の唇《くちびる》の動きが、声を聞かずとも聞き取れるほどに、頭に焼き付く。その声に抗《あらが》えない。

背中に悪寒《おかん》を感じながら、逃《に》げ出せない。

「どんな、契約？　それは」

「それは――分からな……」

　意識が弾《はじ》けた。

　アイネストの顔が、驚愕《きょうがく》にひきつるのが見える。無我夢中《むがむちゅう》で突《つ》き出したミズーの右手は、彼の喉《のど》を――胸《むな》ぐらではなく完全に喉をつかんでいた。途端《とたん》、どっと全身から汗《あせ》が吹《ふ》き出すのを自覚する。激しい動悸《どうき》と、伸縮《しんしゅく》を繰《く》り返す肺に、ミズーは戦慄《せんりつ》していた。自分は今、なにをされていたのだ？

「そういえば、聞いたことがあるわ」

　息を荒《あら》らげ、うめく。アイネストは微動《びどう》だにしない。目を見開いて、信じられないようにただこちらを見つめている。

「神秘調査会《しんぴちょうさかい》を隠《かく》れ蓑《みの》に、アスカラナンの間者《かんじゃ》が活動しているって」

「ミ、ミズー？」

「彼らの中には秘術魔法使《ひじゅつまほうつか》い――マグスもいて、人には理解しがたい技《わざ》を使うとかなんとか」

「微々《びび》たる力だよ。君のような念術能力者や、精霊使《せいれいつか》いに比べたら、本当に、笑ってしまうくらい無力なものさ、マギなんていうのは」

慌《あわ》てて言ってくる、彼の言葉に、強く。強く奥歯《おくば》を噛《か》みしめて、ミズーは詰《つ》め寄《よ》った。

「認《みと》めるわけね？　あなたが、ただの学者なんかじゃないって」

「違《ちが》う違う。とんでもない誤解《ごかい》だ」

両手をばたばたと振《ふ》り回して、アイネストは必死の声をあげた。喉を押《お》さえられて出せる、ぎりぎりの声音《こわね》。

「神秘調査会が、そういった疑いを持たれているのは知っているし、時にそうした役割を持つこともあるのだと思う……けれど、単なる研究者の中にも訓練《くんれん》されたマグスはいるし、ぼくがマギを練習したのは、要するに、なんでもすぐにできてしまうものだから退屈《たいくつ》で、余技《よぎ》みたいなものだよつまり」

「あなたのような間者がかかわっているのなら、黒衣《こくい》が出ばってくる理由も分かるわ。国家間のなにかが関係しているのね？」

「謝《あやま》るよ。確かにマギの技で君の秘密を聞き出そうなんていうのは、下卑《げび》た発想だった。でも、ぼくが君の観察者だということは言ってあっただろう？　君にどんなに嫌《きら》われようと、これがぼくの性《さが》なんだから」

「帝国《ていこく》とアスカラナンで、今さら戦争でも起こるっていうの？　アストラは、そんなことにかかわっていたの？　どういうこと？」

「…………」

それまで早口で弁解《べんかい》を続けていたアイネストが、突然沈黙《とつぜんちんもく》した。

なにが変わったというわけではない。喉元《のどもと》を締《し》め付けられ、逃《に》げることもできず、半ば床《ゆか》に押《お》し倒《たお》されている。こんな時ですらどこか気の抜《ぬ》けたところが付きまとう長身の学者は、だがたった一言で、こちらの言葉を遮《さえぎ》った。

「つまり、君は姉のことで、ここに来たわけだね？」

「……違うわ」

追及《ついきゅう》することはあきらめて——ミズーは緊張《きんちょう》した腕《うで》の筋肉からなんとか力を抜くと、学者を解放して一歩退いた。軽く額を押さえて、うめく。

「自分のためよ」

「そんなことを恥《は》じる必要はないよ」

「恥じてなんかいない！」

蛇《へび》が毒《どく》でも吐《は》くような心持ちで、ミズーは囁《ささや》いた。押し殺した声で、それこそ蛇のように軋《きし》る。

「姉は……八年前、わたしの前からいなくなって、それからよく分からない契約《けいやく》だかなんだかに加わっていた。そして、死んだのよ。ある遣《つか》いが……」

ぞっと、声が震《ふる》える。鳥肌《とりはだ》の立った腕を軽く撫《な》でつけながら、ミズーは続けた。

「御遣いと名乗る男が、それをわたしに告げにきた。ついこの前のことよ。そいつの話では、契約者は姉を含《ふく》めて六人。ベスポルトは、そのひとり」

「彼女の死因《しいん》を調査しようと？」

「違うって言ってるでしょう」

もはや強く言う気力もなく——むしろ力無く笑い出して、ミズーはうめいた。

「その御遣《みつか》いとやらによれば、姉が死んで、その契約は」

と、自分の胸を指し示し、

「わたしに相続《そうぞく》された。でも契約の内容は明かさなかった。わたしは、その契約がなんなのか知りたいだけよ」

「結局は、同じことじゃないかな」

「そうだとしても」

耳の奥《おく》に、鐘《かね》の音《おと》が——

聞こえはしなかったが、彼女は拳《こぶし》を握《にぎ》ってなにかを振《ふ》り払《はら》う仕草《しぐさ》をした。

「なにも分からないのよ。記憶《きおく》が曖昧《あいまい》で……姉がいたことは覚えていたつもりだったけど、どこまで確かなのか、それすら。ひょっとしたら、それも全部幻覚《げんかく》だったのかも」

「自分の心さえ信じられないなら、それは確かにつらいだろうと思うよ」

「———！」

反射的に、拳を振り上げる。

逃げようともしていないアイネストに、ミズーは震える怒声《どせい》を吹《ふ》きかけた。

「あなたなんかに、なにが分かるの……言っていたわね。生まれてこのかた困難《こんなん》を感じたことがない？　そうなんでしょう。あなたなんかには、絶対に分からない」

「否定《ひてい》はしない」

真顔《まがお》でそう断言《だんげん》する彼を、そのまま殴《なぐ》りつける。学者の身体は軽く、ろくな抵抗《ていこう》もないまま後ろに反《そ》り返って頭を床にぶつけたが、それだけだった。唇《くちびる》の端《はし》に血をにじませて、アイネストが顔を上げる。

「人は他人を理解なんてできない。君もぼくを理解できない。ぼくは黒衣を理解できない。君は今まで出会ってきた人間を誰ひとり理解できていないし、これからも永遠に理解できない」

「問答なんて———」

「本職《ほんしょく》だよ。やらせてくれ。人は自分自身さえ信じることができない。だが完全な不信《ふしん》を持つこともできない。信頼《しんらい》と疑念《ぎねん》。これも二元だ。純粋《じゅんすい》な両極は、どちらもこの世には存在できない。君の見つけた赤い空だ。この世はすべて、限界の分からない混沌《こんとん》だけでできている。それでも」

不意《ふい》に、彼の姿が闇《やみ》に消えた。自分の目が見えなくなったのか——そんな錯覚《さっかく》に、ぞっと身震《みぶる》いする。そこにいたはずの彼は、なんの形跡《けいせき》も残さずにそのまま消え去った。それこそ、彼の存在そのものが、途方《とほう》もない虚構《きょこう》だったとでも言いたげに。

声だけが、かすかに残る。

「それでも……人はなにかを信じなければなにもできないし、なにも疑わなければ危険を回避《かいひ》できない。有益なのは、そこにある中間だけ——混沌だけだ。君は、なにを疑い、なにを信じるんだ……？」

再び殴りかかるつもりでいた拳《こぶし》が、緩《ゆる》やかに空を切った。彼がそこにいたところで、ダメージにすらならなかっただろう。

マグスの技《わざ》、マギ。マギの使い手、マグス。

それは純然《じゅんぜん》たる学問だった。念糸や、精霊《せいれい》とは違《ちが》って。

ゆえに学べば、誰でもその力を手に入れることができる。無論《むろん》、容易《ようい》なことではないが。

ミズーは、拳を開いた。その手の中に、いつの間にか、紙片が握《にぎ》られている。汗《あせ》でにじんだその紙切れには、流麗《りゅうれい》な文字《もじ》が記《しる》されていた。

無言で、それを目に映《うつ》す。

『ぼくにはその、御遣《みつか》いというのが気にかかる。

遣いならば、いったい誰の遣いなのだろう？

天《てん》の御遣いならば……天使《てんし》ということだ』

ミズーはその紙を握りつぶし――そして、もはや隣《となり》の部屋に聞こえるのも構わずに、憤《いきどお》りのうめき声をあげた。

そしてそのまま床《ゆか》に顔を埋《うず》め、目を閉じる。

身体だけではなく、意識までも闇に包み込まれるのを感じた。冷たく、そして痛みが肌《はだ》の下をくすぐる意識の闇。彼女はまた声をあげた。今度は怒《いか》りではなく、悲鳴だった。

何度帰ってきたところでその部屋は、窓がないせいで暗がりとこもった空気に侵《おか》された、饐《す》えた臭《にお》いが立ちこめていた。長く過ごすには向かない――が、もとより長く過ごしたこともない。彼女は部屋に入るなり、手早く扉《とびら》を閉めた。廊下《ろうか》から漏《も》れていた明かりすら遮《しゃ》断《だん》され、室内が完全な闇に閉ざされる。彼女は満足した。これでいい。明かりは必要ない。どうせ中にはつまずくような家具もなにもない。ただの四角い部屋。部屋の奥《おく》に寝袋《ねぶくろ》があり、そこに寝そべっても手のとどくところに缶切《かんき》りがある。これでいい。ほかにはなにも必要ない。

彼女は剣帯《けんたい》を外しながら、部屋の中に進もうとした。間取りはすべて把握《はあく》している。というより、閉ざされた場所であれば、一通り観察すればすべて距離《きょり》を把握《はあく》できる。それは訓練の賜物《たまもの》だったが、慣れてしまえばどうということもない。

——そう。それは、この部屋によく似ている。

学者が去り、ひとり取り残された部屋で、ミズーは独りごちた。

なんの馴染《なじ》みもない宿の一室。暗いということだけが共通項《こう》の。

ひとりで床にうずくまる部屋。

黒衣《こくい》に包囲された部屋。

いったいなにが似ているのだろうか。自分でも判然とはしないまま、ミズーは繰り返した。この部屋によく似ている。

(……何時間経《た》ったのかしら)

時の感覚は、急速に薄《うす》れつつあった。そのせいかもしれない。目の前に、はるかに時を越《こ》えた光景がちらつく。

外はもう朝なのだろうか？　昼なのだろうか？　それとも日も暮れた夕刻か？　完全に

閉ざされたカーテンは、ヒントすら与《あた》えようとはしてくれない。部屋はひどい有様《ありさま》だった。怒りに――自分でも出所の分からない衝動《しょうどう》に――任《まか》せて破壊《はかい》したベッドや、砕《くだ》かれた花瓶《かびん》の破片《はへん》などが散乱《さんらん》し、跡形《あとかた》もない。

好き勝手なことを言って消え失《う》せたマグスからは、それ以来、連絡《れんらく》もなかった。笑顔《えがお》の優男《やさおとこ》。あるいは、マギの眼差《まなざ》しでこちらを見透《みす》かそうとするスパイ。過去の情景《じょうけい》に交錯《こうさく》して眼前を通過するたびに、嘔吐《おうと》感《かん》が喉《のど》の奥を熱する。

（裏切られたから……？）

自問して、彼女はかぶりを振《ふ》った。違う。彼を頼《たの》みにしたことは一度もない。利用できる時にしただけだ。ならば、彼がどうしようと、なんであろうと関係ない。次に出会った時、それなりの報《むく》いを与えればそれでいい。出会わないのならば、もうそれこそ関係がない。

目の前には、剣帯《けんたい》と、丸めたマントと、装備がまとめて置かれていた。自分がそこに置いたのか。置いてあった場所に座《すわ》り込んだのか。すべては分からないことばかりで、思い出せないが。

そして、それがこの部屋と同じだとするならば。

ミズーは閉ざされた扉を見やった。そこが開き、自分を呼ぶ声がするはずだ。

「ミズー・ビアンカ？」

その気配《けはい》は唐突《とうとつ》に現れた。

戸口に。開いた気配もないその戸口に、人型の影《かげ》が見える。

外しかけた剣帯の留め金をもどし、ミズーは剣の柄《つか》に手をかけながら、静かにつぶやいた。

「人の隠《かく》れ家《が》に勝手に上がり込んでおいて、名前を尋《たず》ねるというのも呑気《のんき》なものね」

振り向く。見えないが、影はだいぶ小柄《こがら》だった。声も、老人のように思える。

それは、身動きせず、くぐもっているようにも聞こえるが、だがはっきりとした太い声《こわ》音《ね》で言ってきた。

「告《つ》げることがあって来た」

「なぁに？」

敵の襲撃《しゅうげき》には慣れている——その警告《けいこく》にも慣れている。

油断はせずに身構えながら、ミズーは聞き返した。相手がほんの少しでも重心を移動させたなら、ほんの少しでも移動したなら、ほんの少しでも声を大きくして誰かを呼んだなら、即断《そくざん》できる間合いへと、音もなく移りながら。

だが影はそのいずれもせずに、そのまま声を出すだけだった。

「お前は契約《けいやく》を相続した。被相続者《ひそうぞくしゃ》は、お前の近しい人物だった」

「……だった？」

「相続と言った。被相続者は、当然、死んでいる」

ごく正論《せいろん》。筋は通っている。が。

ミズーは苦笑した。意味がさっぱり分からない。

「でしょうね。でも悪いけど人違いよ。さもなければ、勘違《かんちが》いか。わたしには身内《みうち》なんて
──」

「忘れているだけだ。姉がいる」

（……なんでそんなことを知っているの？）

今度こそ、背筋が粟立《あわだ》つ。双子《ふたご》の姉のことは、誰も知っているはずはなかった。

当然だ──自分ですら疑《うたぐ》っていたのだ。あの記憶《きおく》の中にいた姉は、実在していたのかどうか。そんなものを他人に漏《も》らしたりはしない。ましてやそれ以外の身内など、まったく記憶にない。密売《みつばい》された子供の、元の家族のことなど、どこの記録にも残っているはずもなく、たとえ生きていたとしても、見つけることは不可能だろう。

それを、どうしてか確信して語るその影に、ミズーは目を見開いて見入った。

「お前はこれから、不思議な体験をすることになる。とても……腑《ふ》に落ちない。お前にとっては理不尽《りふじん》な。だが、他人には理解のできない……」

「どういうこと？」

「わたしは御遣《みつか》いだ。今理解しようとするな。わたしの言葉はまだ完全ではない……お前にとって、わたしがまだ未知《みち》の存在であるがゆえに」

「未知……」

「またいつか会うことになる。その時には──わたしはもう未知ではない」

それはそうつぶやくと、一歩。いや半歩だけかもしれない。こちらへと近づいてきた。

「未知ではなくなる。契約した六人の中で、お前が相応《ふさわ》しい者ならば」

その言葉が発されるよりも、間違いなく早かっただろう。

それが動いた瞬間、反射的に腕《うで》が跳《は》ねていた。

一歩踏《ふ》み込み、必殺の位置で剣《けん》を引き抜《ぬ》く。抜き打ちでそのまま、喉《のど》を両断《りょうだん》する軌跡《きせき》を刀身が描《えが》き──次の刹那《せつな》。

剣は、標的に触《ふ》れる前に弾《はじ》かれた。

「…………!?」

あり得ないことではあったが、そこに突《つ》き出した柱があった。切っ先が引っかかり、剣を振り抜くことができない。この部屋の間取りはすべて把握《はあく》しているはずだったが。足を踏み出す方向を勘違いしていたらしい。

ありえないことではあったが。それは事実として、刀身を弾いていた。

誰もが、単なる偶然《ぐうぜん》と言うだろう。自分以外の誰かがそうしたのなら、彼女とてそう言っただろう。だが、ミズーは全身が総毛《そうけ》立ってなにかの警告を示しているのを感じていた。

偶然。単なる偶然。

剣が柱に打ち付けられた瞬間、火花が散っていた。その明かりで、一瞬だけ、その人影の姿があらわになる。

それは老人だった。どうということもない、しわだらけのただの老人。恐《おそ》れる必要もなにもない、道ですれ違ったならばそれだけの、無力な人間。

(違う……!)

無力な人間にそっくりな、それ以外のなにか。

そうでなければ、この標的は、今の一刀で絶命《ぜつめい》していたはずだ。

「わたしが何者かと疑問を持っているな。わたしは、お前たちが精霊《せいれい》と呼んでいる存在だ。それがお前たちの幼稚《ようち》さゆえの誤謬《ごびゅう》だとしても、そう名乗ることが一番相応《ふさわ》しかろう」

「いったい……」

「ひとつだけ質問を許《ゆる》す」

傲然《ごうぜん》と、断固《だんこ》と、それは言ってきた。

「これは契約《けいやく》とは関係がない……わたしが決めたことだ。出会った者に、たったひとつだけ質問を許している。なにを問うか、注意深く選べ。その問いかけで、わたしを理解しなければならない……なにを聞く？」

悩《なや》む必要はなかった。ミズーは剣を握《にぎ》る手が、衝撃《しょうげき》で麻痺《まひ》していることを悟《さと》られまいと歯を食いしばって、即座《そくざ》に聞いた。

「あなたは何者？　精霊だとしたら、なに？」

それの返事もまた、即答《そくとう》に近かった。

「わたしは未知の精霊アマワ。機会《きかい》を無駄《むだ》にしたな」

たったそれだけ。が、

「いや、お前は幸運だ。既《すで》に聞かれたことのある問いは無効《むこう》にしている。今のは、カリオネルという男が発した問いと同じものだ。わたしが、初めて出会った者だ」

（もう一度……聞ける、ということ？）

手に感覚がもどるまで、あと何秒か。その時間を稼《かせ》ぐだけの意味でもあればいい。

なにを聞くべきなのか。ひたすら思考を回転させて、そして。

悟った。

なにを聞けばいいのか、思い浮《う》かばない。痺《しび》れた手でなんとか剣を保持《ほじ》して、口惜《くちお》しさに歯がみする。このまま考えたところで、なにも思い浮《う》かばないだろう。その間に、それは──アマワは、どこかへ行ってしまうかもしれない。

対抗《たいこう》するための手がかりも得られないまま、取り逃《に》がすわけにはいかなかった。もう一度斬《き》りかかって勝てるか……？

閃《ひらめ》きが、彼女を救った。とっさに口走る。

「……あなたに……今まであなたに、最も致命的《ちめいてき》な問いを発した人物には、どこに行けば会える？」

「お前はとんでもない愚《おろ》か者《もの》か、それとも優《すぐ》れた人物か」

特に感慨《かんがい》もなく、それは言い切った。

「ベスポルト・シックルド打撃騎士《だげききし》を探すといい。同じ契約者だ。彼がどこにいるのかは知らない。興味がない」

そして、そのまま消え去った。

なにもない、空虚《くうきょ》な闇《やみ》が残っただけ。

ミズーは立ちつくし──そしてついに、握力《あくりょく》がもどらないまま剣を落として、笑い出した。

分かっていた。分かっていた。身体から力が抜《ぬ》け、足に震《ふる》えが走る。分かっていた――！

激しく笑い、そしてそれ以上に激しく身体をかき抱《いだ》いて自分の皮膚《ひふ》に爪《つめ》を立てる。

怯《おび》えていた。震え上がっていた。得体の知れない恐怖《きょうふ》と、わけの分からない慟哭《どうこく》に突《つ》き動かされ、その衝動《しょうどう》が抑《おさ》えられない。

分かっていた。

（わたしは恐怖している……）

彼女は叫《さけ》びだした。

（わたしは恐怖している……！）


「――でも」

惚《ほう》けたような心地《ここち》で、彼女はつぶやいた。

「幸運なことだったのかもしれない」

もう記《き》憶《おく》の中の場所ではなく、ただの身を隠《かく》している宿の一室となった、その場所で。

「わたしはあれを受け入れずに恐怖した。だから……幸運だったのかもしれない」

なによりも怖《こわ》かったのは、それだった。

自分は受け入れていたかもしれない。契約《けいやく》。事実あの時、それを受け入れていたとしてもおかしくはなかった。姉は受け入れたのだから。

そして死んだのだ。

彼女は剣を拾い上げた。

左足を確かめる。もう傷の痛みはほとんど残っていない。

(そう……結局のところ、選択《せんたく》の余地なんてどこにもない)

戦うつもりならば、進むしかない。

開き直るしかない。やりたいようにやるのだ。できるようにやるのだ。

行く手をふさぐものをすべて破壊《はかい》して。

淡々《たんたん》とすべての装備《そうび》を身につけて。

彼女は、扉《とびら》を開けた。どこかの陰《かげ》に潜《ひそ》んだ優男《やさおとこ》が、ほくそ笑《え》んでいるような気はしたものの。耳をすませば、その声が聞こえてくるような気すらしてくる。

「それでぼくは、思うことがあるんだ。果たして、この世には本当に人間なんているんだろうかってね」

扉は開く――その向こうに危険があろうとなかろうと、取っ手をひねるだけで開いてしまう。

「ぼくは誰も理解できない。実はぼく以外の、今まで人間だと思ってきた連中っていうのは、みんな怪物《かいぶつ》なんじゃないだろうか。ぼくは思うことがあるんだ。ぼく以外はみんな怪物なんじゃないだろうか」

扉は通過者《つうかしゃ》のことなど考えはしない――扉であるがゆえに開く。

「ああ、そういうことさ。彼女について語ろうじゃないか。それは手の触《ふ》れられない領域《りょういき》にある、燃え上がった金属《きんぞく》のようなものだ。迷宮《めいきゅう》にある宝物《ほうもつ》だ。それを手に入れようなどと愚《おろ》かなことは考えてはならない。それはそこにあるから価値のある、隠《かく》された秘宝《ひほう》なんだ。君は盗掘屋《とうくつや》か？　賭《か》けてもいい。なにを掘《ほ》り当てたところで、君はそれを手に入れることができない。永遠に、つるはしを担《かつ》いで穴蔵《あなぐら》の中に通《かよ》うしかないのさ。それは手の触れられない領域にある。迷宮にある。それは人を傷つける。彼女について語ろうじゃないか……」

扉の向こうを恐《おそ》れるならば――人はそこに閉じこもっているしかない。
ミズーは冷笑《れいしょう》を浮《う》かべた。それは悪いことではない。
だが、彼女は扉を開けた。

エピローグ

丸一日が過ぎれば、こんな宿でも居心地《いごこち》は悪くなかった。

確かに、豪勢《ごうせい》な料理《りょうり》は望むべくもない。この高地では、水も食料も貴重《きちょう》だ。とはいえ金さえ出せるなら、毎食をわびしい焼《や》き麦《むぎ》と薄《うす》めたミルクだけで過ごさなければならないというわけでもない。早めの朝食を取りながら、警衛兵《けいえいへい》はゆったりと、その皿から立ちのぼる卵と胡椒《こしょう》の香《かお》りとを楽しんだ。朝食というだけあって軽いものだが、炊《た》いた米まで添《そ》えられている。

が。

(せめて、こんな時くらい、こいつらがいなければね……)

浮《う》き立つ心がしぼむのは早かった。なんの意味があるのか――出された食事に目も向けないくせに、同じテーブルには五人もの同伴者《どうはんしゃ》がついている。

全員、同じ黒装束《くろしょうぞく》の。仮面《かめん》に隠《かく》され、顔を見ることもない。声を発することもない。すべてが覆《おお》い隠された、帝都《ていと》から寄越《よこ》された化《ば》け物《もの》たち。

(なんなんだ、これは)

五人の黒衣《こくい》を、あまり露骨《ろこつ》にはならないように見回して、警衛兵はため息をついた。結局のところ、彼はこの村まで黒衣らを案内《あんない》する先導役《せんどうやく》なのだから、既《すで》に役目は果たしている。誰《だれ》に非難《ひなん》される筋合《すじあ》いもなく、また誰も非難しない。

それでも黒衣は、なんの任務《にんむ》を負っているのか明かすこともなく——明かされても困るのだが——、一昨日見つけたこの宿で、なにもせずにずっと待機《たいき》しているだけである。なにかを待っているのか、それとも実はこの小旅行自体が、任務《にんむ》にカムフラージュされた慰《い》安旅行《あんりよこう》だとでもいうのか。

彼はフォークで卵の黄身《きみ》を潰《つぶ》しながら、できれば後者であってもらいたいと念じた。黒衣は処刑者《しよけいしゃ》だ。その任務は、国家に害なす者の処刑以外にはない。

前者ならば。彼らがなにかを待っているということならば。心当たりもある。黒衣らが携《たずさ》えてきた命令。その一部だけは、彼らも公開してくれた。手伝《てつだ》えという意味なのか、余計な手出しをするなという意味なのかは、どちらとも取れないし、もとよりなにごとも無言で押《お》し通す彼らの意図《いと》を知ることなど徒労《とろう》に近い。

彼らは男を追っている。八年前にこの村に来た男を。それならば心当たりはある。

と、天井《てんじょう》の上から、物音が響《ひび》いた。

一瞬《いっしゅん》、ぎょっとするが——すぐに気を取り直す。考えるほどのことではない。階上にいるのは、あの陰気《いんき》な女だけだ。

一昨日の夜、あんな妙《みょう》な時刻に訪ねた自分も悪かったのかもしれないが、それにしてもそれ以来、あの部屋からはヒステリーでも起こしたようなうめき声や、暴れる音、なにかを壊《こわ》すような音がひっきりなしに聞こえてきていた。黒衣たちはもとより気にしなかったようだが、昨日《きのう》も一日ずっと、罵《ののし》る声や、少し静かになって寝静《ねしず》まったのかと思えば夢にでもうなされているのか、奇怪《きかい》なうめき。そんなものがずっと続いていた。薄気味《うすきみ》の悪さを通り越《こ》し、とうに迷惑《めいわく》になっていたのだが、公務《こうむ》としては民間人に強くは出られない。部屋には黒衣。隣《となり》からは騒音《そうおん》。そして食事に出れば、やはり黒衣。

(まるで、ぼくが監視《かんし》されてるみたいだ)

ついでにいえば、拷問《ごうもん》されているようでもあったが。そこまで卑下《ひげ》することには躊躇《ちゅうちょ》を覚えた。

と。

天井とは違《ちが》う方向から、音が聞こえてきた。今度は、暴れる音ではない。静かな足音。古い建物の軋《きし》み、体重がかかって沈《しず》もうとする板がこすれる音。やがて、階段から姿を現したのは、真紅《しんく》のマントに身を包んだ女だった。間違いなく、一昨日《おととい》から部屋にいた女。

警衛兵は——とりあえずフォークを休め、その女を観察した。女は特に隠《かく》す様子もなく、はっきりと視線をこちらに向けている。いや、彼にではない。黒衣たちに、順番に。緩《ゆる》いウエーブの長い髪《かみ》。それもまた炎《ほのお》のように赤い。怜悧《れいり》な眼差《まなざ》しは、その中にあってさらに刃《やいば》のように滑《なめ》らかに鋭《するど》い。

ただ、その眼差しが子供のようにも思えたのは……かすかに赤く泣《な》き腫《は》らしたような跡《あと》があったからか？

階段を下りきったところで、女は足を止めた。

そして、口を開く。

「……わたしはミズー・ビアンカ。特一級の指名手配がされている」

「え？」

警衛兵は、とりあえず——声をあげた。意味は分からなかった。ただ自分が、なにか突《とっ》拍子《ぴょうし》もないことを聞かされたということだけは、理解していた。

いや、理解していたのは身体《からだ》だけだったかもしれない。なんにしろ、フォークが床《ゆか》に落ちる音ははっきりと聞いた。

見回す。黒衣はなんの動きも見せていない。不気味《ぶきみ》な家族団《かぞくだん》らんといったていで、ずらりと朝食のテーブルについている。

女はもう一度、繰り返す。

その長い一日の始まりの言葉。

「わたしはミズー・ビアンカ。これから、あなたたちを皆殺《みなごろ》しにするわ」

黒衣たちが、いっせいに——異様《いよう》ともいえる素早《すばや》さで立ち上がる。それを見ながら、彼は理解した。

この黒衣たちが、同じ宿に、そんな指名手配犯がいたことに気づかなかったはずはない。

理由は想像もつかないが。

黒衣たちはずっと待っていたのだ。この瞬間を。

あとがき

① エンジェル・ハウリングのこと

月刊ドラゴンマガジンに連載《れんさい》している同名のシリーズを読まれている読者におかれましては、おんや？　と思った方もおられるかもしれない。そう。その連載の主人公フリウ・ハリスコーは、名前すらこの巻には登場しない。

でも別に、だからってこの本が、連載シリーズとはまったくの別物ってわけじゃない。書き下ろしシリーズにおける主人公はミズー・ビアンカ。

連載シリーズと、書き下ろしシリーズは時に平行し、時に交錯《こうさく》して続く。まあ、どちらか片方だけを追いかけていったとしても物語は成立するけれど、その全貌《ぜんぼう》は、両方が合わさらないと分からない。

つまりこれが、この『エンジェル・ハウリング』の最大の仕掛《しか》けだったりするわけであります。ふふふ。

というわけで、二巻はその、連載をまとめたものになりまする。雑誌のほうでは、そろそろその二巻となるフリウ編第一期の最終話が載る頃《の》ですな（二〇〇〇年一〇月現在）。

これ自体は、ま、特筆《とくひつ》するほど斬新《ざんしん》な形式というわけではないのだけど、ドラゴンマガジンでは、書き下ろし＝本編、連載＝番外編という形式が定番《ていばん》化しつつあるようなので、ちょっと逆らってみました。どうでしょか。秋田的には、かなり気に入っているのですけどね。自分が今やりたいことにぴったりじゃん、という感じで。

って。

「作家というものは作品でのみ語《かた》り、作品以外ではなにも語らない」

というのがモットーの秋田としては、右のようなことをあとがきで書くのは本意ではないのだけど、さすがにこれは解説《かいせつ》しとかないと読者様を混乱《こんらん》させてしまいそうだったので。

てなわけで、そんなわけなのでした。

②　集めるということ

さて。

やらなきゃならないことは山ほどあるのに、時間がない。ていうか、山ほどあるから時間がないのか。どちらでもいいのだけど、人生いろいろ大変です。ちょっと気を抜《ぬ》くと、なんもしてないのにデジカメのメモリーカードも壊《こわ》れたりしてます。油断《ゆだん》も隙《すき》もありません。慌《あわ》てて買い直すわけですが、16MBが三九六〇円？　そりゃ感光《かんこう》フィルム使うよりは安いけどさぁ。

このところ、散財《さんざい》が多くて頭の痛いところ。でも物欲《ぶつよく》がなくなっちゃ、生きてる甲斐《かい》もないものね。と、僧侶《そうりょ》の資格《しかく》を持っている担当編集者（いや、ホントに山にこもって修行《しゅぎょう》とかしておられたお方なのですよ）に蹴《け》りを入れられそうなことをほざきつつ、暇《ひま》を見つけては欲しいものを探すわけです。

そんなぼくの現在進行形マイラブは、食玩《しょくがん》。ほら、あれです。コンビニとかでよく売ってる、おまけ付きのお菓子《かし》。というかお菓子付きの玩具《がんぐ》。最近ちょっと元気がないようにも思うのだけど、たまにひょこっと目を引くものとかが新発売とかされていて気を抜けない。

もともとコレクター体質《たいしつ》なのだけど、貧乏性《びんぼうしょう》ゆえ、高価《こうか》なものにはいまいち手が出ないぼくとしては、この食玩ってやつはうってつけなのですな。全部集めようなどと思わずに、のんびり買うのが吉。あと一体で全部そろう、くらいのところで飽《あ》きるのが良いタイミングですかね。このテのものは、コンプリートしようと思うと途端《とたん》につらくなる、というのをトレーディングカードで学びましたよ。
別に狙《ねら》ったわけではないのだけど、妖怪《ようかい》もチョコボール鳥も、あと一個で全部そろうってところで止まってます。うむ。良い感じ。世界名作劇場のアライグマは欲しかったけどさ。くすん。
そう！　これからは、全部そろえない時代！　某炭酸飲料《ぼうたんさんいんりょう》のボトルキャップも某電気《でんき》ねずみを筆頭《ひっとう》とする戦闘生物群《ぐん》も、一個欠けてるくらいが美しい！　あとアレ。銃《じゅう》。ＳＴＩの新製品だとぉ？　嬉《うれ》しいけど嬉しくないぞ。いややっぱり結構嬉《けっこううれ》しいかも。ああ違う。集めるもんか。財布《さいふ》握ってショップになんて駆《か》け込むもんかぁ！（必死に自己暗示《じこあんじ》をかけるの図《ず》）
……むう。まだちょっと悟りが足らんか。

③　ゲームをやること

最近、ゲームをしてないなぁ……と思うことしばし。トレーディングカードゲームはすっかり足を洗ってしまったし、ＴＶゲームは盛り上がらないし、ＲＰＧもなかなか機会《きかい》がない。もともとヘヴィなゲーマーというわけではなく、のんべんだらりんとゲームするのが好きなのだけど、こうも遠ざかっていると不安になってくる。てなわけで、こうなったら無理にでもゲームする機会を作るぞ、と決心する。うん。多少身体《からだ》を動かすことも兼ねて、サバイバルゲームとかが良いな。季節的《きせつてき》にも、今はいい感じだし。

で、暇になりそうな時期を見つけるため、スケジュールを調べてみるのだけど。

……半年後？

海外旅行でもこんな前々から準備なんかしないって（泣）。

④　忙しいということ

いや、忙しいのは構わないのだ。むしろ喜ばしい。暇は嫌だ。仕事をすること自体は楽しいので、それがせめてもの救いでしょうな。

そう。恥をしのんで申し上げると、秋田は今、仕事をするのが非常に楽しい。

特に最近は、いろんなものから解放《かいほう》されて、やりたいことをやりたいだけやれる。これはまあ、好き勝手させてくれる周囲の方々のおかげなのだけど。

んで、しばらくはわがままを続けていこうと思っているわけで。

良いぞ。好きなことをやるというのは。とても良い。さて、財布持ってショップに駆け込むとするか（それかい）。

⑤　ものを作ったりすること

そういえば、ドラゴンマガジンで編集者に「秋田禎信は現在、工作モード」などと書かれたりしていたけれど、なんかいろいろ作ったり壊《こわ》したりしてます。

とうとうパソコンを自作してしまったですよ。これだけはするまいと思っていたのだけど。だって機械じゃん。自我《じが》が目覚《めざ》めて人類に反逆《はんぎゃく》で機械帝国で機械伯爵《はくしゃく》でメーテルまたひとつ星が消えるじゃん。そんな邪悪《じゃあく》なものを自らの手で組み立てるなんて危険《きけん》きわまりない。

絶対嚙《か》みつかれる、と覚悟《かくご》を固めながら筐体《きょうたい》を開くのだけど、意外なことに機械には歯がついていなかった。あと絶対、レーザーを貯《た》めておくレーザー袋とか内臓《ないぞう》してると思ったのに。あ、そうかそれがないからレーザー出ないのか。

途中、FDDのケーブルの天地間違えたり、細かいミスはあったけど、おおむねつつがなく組み立ては完了。電源を入れたのになぜかショートとかしないで、勝手に認識とかしてくれるっぽい。HDDフォーマットしてOSをインストール、すると邪悪な機械だったものが、愛らしいパソコンに早変わり。

ぴぽ、とか言いながら起動する。

…………（感動しているらしい）

うむ。可愛《かわい》いぞ。レーザーは出すなよ。

……とまあ、この程度の素人《しろうと》でも、うまくいく時はうまくいくみたいです。PCの自作って。

次はなにを作ろかな。

⑥　そして、やっぱりエンジェル・ハウリングのこと

というわけで、二巻の発売は二〇〇一年四月。諸般《しょはん》の事情で間があいてしまうけど、以後は四か月ペースになる予定。三巻は八月で四巻は十二月です。うわ言っちゃったよ自分の首絞《し》めてるな。まいっか絞めとけ。ぐいぐい（絞める音）。

というわけで、このよぉに天井から紐《ひも》でぶら下がってる作者ではありますが。

えらく力を入れてスタートした新シリーズ、雑誌連載のほうも含めて、これからどうぞ

よろしくねん♪
ではではー。

二〇〇〇年九月

秋田禎信

富士見ファンタジア文庫

エンジェル・ハウリング 1

獅子序章—from the aspect of MIZU

平成12年10月25日　初版発行

著者——秋田禎信《あきたよしのぶ》

発行者——青木誠一郎

発行所——富士見書房

〒102-8144

東京都千代田区富士見1-12-14

電話　営業部　03(3238)8531

　　　編集部　03(3238)8585

振替　00170-5-86044

印刷所——旭印刷

製本所——コオトブックライン

落丁乱丁本はおとりかえいたします

定価はカバーに明記してあります

2000 Fujimishobo, Printed in Japan

ISBN4-8291-1304-9 C0193